36

第36届青春诗会诗丛

《诗刊》社 编

方言

叶丹 著

长江出版传媒

长江文艺出版社

叶丹，1985年生于安徽省歙县，现居合肥。出版有诗集《没膝的积雪》《花园长谈》《风物拼图》。

目　录

第一辑

方 言

每个县

每个县，立春之后便是雨水，然后是惊蛰。

每个县，山河齐整，飞鸟对教条免疫，疲倦之后归隐
　山林。

每个县，寺院洁净，僧人通透如若无物。

每个县，细雨落入量雨器，没有发出声响。

每个县，流浪的人终止逃亡，定居暮光倾洒的河畔。

每个县，青山傍流水，讲方言，不问兴亡事。

每个县，但不包括你未曾踏足过的歙县。

2010.2

葡萄园中的黄昏和夜晚研究

i

农业之灰和暮色之灰在葡萄园上空重合，
晚霞正在给风景蓄水，透支的它薄得

像翼，仿佛蝉再一声尖叫就能将自己刺破。
乌鸦关闭了赤帜的引擎，落日因为自身

之重而西沉天际。守园人躺在凉椅上，
和空气对谈，这让他的虚无涨到了顶点，

连内心胆怯的斑鸠也无视他的存在，
潮水般来了又去，只为早熟的果粒。

他起身巡园，在田埂上遇见昨天的自己，
顺着他干枯的手指：梯田之下的池塘，

干涸得像只白底的碗，蛙声藏匿其中；
再往下，河水紧紧抱着鹅卵石不肯松手。

他仰起头：月亮明晰，像是宇宙的缺口，
古老的白光均匀地镀涂在我们这个星球。

"是的，唯有月光偏袒露宿的农民。"
其实已显倾斜的寺庙，也由月光支撑。

他再次回到挂满青果的葡萄藤下，
即将到来的丰收也让他陷入一丝忧愁；

他合上没有纹路的手掌祈祷："再过积年
劳作，我的手掌也能变得藤条般甜蜜。"

ⅱ

大地熄灭之后，葡萄园获得了片刻安宁。
"其实是纸扎的佛像高烧褪尽后的虚脱。"

在茅屋前，他的视线之内没有活动之物，
这极像战斗之前的指挥部，他心系万里。

女儿送来的晚餐中夹着一片加糖的午夜，
月亮停泊在山头，好让她顺着银色的小径

返家。梯田浑浊，仿佛是涂了一层灰釉。
山谷中起雾，上升，积聚，掩护着理想

发育。鸟鸣仿佛从日光的极权缓过神来，
枝叶在白天蜷缩，现在，它打开了自己。

月光打磨着葡萄粒，经反射的光能照进
他心里。"万物向你展示它本有的表情，

只因你忠于内心。"果串从今夜开始下坠，
它们忠于万有引力，缓解了内心的不安。

果实也从波尔多液中解放出来，在根系的
辅助下加紧酿蜜，化身未来的糖罐。

他在空腹的国土劳作，保护着未来的繁殖力。
仿佛他彻夜逡巡，就能抵挡梯田的崩溃。

"在历史中死掉的却在农业中获得重生。"
他披上雾水，从每一粒果实中进入永恒。

2013.8

枯荣的恩典

"像一截绳子松垂。"一则死讯
引我返乡继承她绿的王位。
从潜口下高速，抄近道将县城
甩在身后，过了江村，就沿河
北上，乡道弯曲，似在迁就
地图。水流如野马，肢解了群山
之寒气，所以说桃枝的沸腾靠的
不仅仅是人兽混用的乡村医生
在每一朵花苞里嫁接的马达。
"水白白流走，无法稀释的悲伤。"
可能是因为动情过度，被春水
驯化的鹅卵石无论是公是母，
都缩在自己不标准的椭圆里。

去冬被捆扎的枯枝之间冒出的
新芽，从不为自己祈祷的野花
正是歙北初春不改的配方。
就像这里变暗的一切仍然爱我，
为我的缺席辩护，清澈的倒影
还保存了几帧我挥霍掉的童年。
倒影里也有我陌生的表舅，

贫困曾冲破他的躯体在旧外套上
留下补丁，面对过太多的死别，
他一脸平静，低头走在送葬的
队伍中。过长的队列也让我困倦，
那晚我睡得很早，茶叶梗作芯的
枕头为我保留了蒙恩的茶季。

2017. 6

须臾之塔

九〇年寒冬，母亲整日进山砍柴
以便来年的屋顶上炊烟不绝。
祖父将成捆的柴火堆码在旧屋前，
扎得像省界上的悬崖那般垂直。

第二年的盛夏因洪水长期浸泡
而鼓胀，占据了我原始的海马区，
恐惧是稠密的雨点，战时电报般
急迫，洪水进院后轻易迈过门槛，

母亲将我抱到谷仓的盖板上，
她的膝盖淹没在水里。门前的柴堆
竟整个浮了起来，像纸船漂走。
"它们本当经过膛火的拷问进化

为炊烟，去戍边，给人间温饱。"
后来听人说，柴堆堵在了村尾的
石拱桥下，像个巨大的炸药包。
直到桥头的石狮率先跳下，画出

一道黑色的引线。"内心有波动的

青石才会被选来雕成庇佑的狮子，
石匠在刻狮鬃时要避开闪电的日子
线条才不会被折断。"它从栏杆上

跃下，投身于这污秽的末世，
它一身黄泥，像穿着件破漏的袈裟。
桥另一头的柳树当天也被冲垮，
再也没有吹拂，再也不会有荫翳

织成母亲的披肩。因绝收而被迫
去省界另一边做工的人带来新的传言：
洪峰过境时，新安江异常宽阔的
江面中央曾浮现过一座须臾之塔。

2018. 8

祭曾祖母

蓝天之上的，青烟。哪一缕
是由你化作的。让风转告我。

你裹小脚，步履轻盈，像雪
堆在泥土等待融化。神报答

你，给你座山谷。你不独享
涧水，坟地不远处，许多股

溪水在岔路相聚，终年不绝，
又那么清洁。皖南雨季又至，

为何，每到清明，我的鞋底
总是沾满了来历不明的泥泞。

2008.4

秋日返乡的养蜂人研究

养蜂人返乡，带来了北方的秘密纵队。
永恒的宇宙之手撕开秋天的封条，
它以院中柿叶枯卷的姿势进入他的呼吸，
"风在语言中习艺，矫正了我的口型。"
枝头的灯笼柿还剩几只，像是他的妻子
给白头黑鹎的找零，所有漆黑的枝条
因为剔除果实的负累而大幅扬起。
"太多的落叶，太少的泥将它们埋葬。"

燕子留下冰冷的巢，它加入了永恒的
迁徙。"连方向也和你的大体一致。"
这残缺的风景有点陌生，妻子告诉他，
那整枝的绿色曾使院墙的伤口愈合，
"树冠如雷达，捕获了经过的光芒。"
此刻，她在厨房内制云，炊烟释放了她
堆积的欲望，她的内心一度被焚，
炊烟中未燃尽的黑便是她的灰烬。

它上升，与白云互逐，进入星星的领地。
"树叶坠落，而炊烟却能上升，仿佛
宇宙之中安装了一个无形的跷跷板。"

"其实，落叶和炊烟都是时间的食物。"
他推开院门，看望那些理想的援兵，
他的蜂箱落在黑暗的山梁和贫瘠的
田野之间，枫树之下。空旷的田野，
像是横卧的深渊，又像父亲留下的残局。

绝育的，不再发情的田野，如琴键般
赤裸，那些被遗漏的稻穗倒伏着，
它们曾经因秋风的弹奏而饱满、发黄，
它们腔中的悲凉依然挺立，它们
还将在挺立中洗净历史细节中的淤泥。
这更残破的风景，他不愿再多看一眼，
转过身，阖上院门，他看见所有枯卷的
柿叶正借助历史的浮力重返枝头。

2013. 10

当代茶史

九一年，乘筏南去的义军寄来闪电的秘密
配方。"唯在四月初的夜晚，像海绵般
被歙北的茶农拧扭到极致，云就会蓄满电。"
被雷击中过的山体打开它绿色的阀门，
虽然此时河水中还藏着义军冰冷的剑刃，
它也无法阻挡涉水进山采茶的外祖母，
她是地主的女儿，中年丧夫，击退过迷雾
一次次的反扑，她几乎在保卫生计中衰老；
她对云雾的痴迷也持续了一生，不惜代价，
如今，她身体的一小部分竟无故地溶解。

中国农业的皇后，在山尖展开她绿色的
凤冠，那种环状的绿，无数次击沉我，
给我掉色的记忆一次次补釉，锥子的茶园，
这发苦的乐器，找不到合适的演奏它的人。
"可以尝试对云朵叫喊，像弹棉絮。"
不绝的云雾，它将相邻的山峰相连，像海水
连接遥远的大陆。"云丛也必定出生在海上，
它吃食过多的鱼，沾染了鱼肚之白。"
她甚至想象，堆积不化的白云如雪山一般
崩溃，她连同糟糕的生活，一齐被掩埋。

傍晚，她通常最后下山，挖一只笋做晚餐。
半夜里炒茶，看叶片在温度的变化中蜷缩，
变硬，"是草木毁其自身换来你弯曲之空。"
午夜不息的塘火如能言语，必将其中的牺牲
说得透彻，被冻醒的她一下子读懂了星象
为何总是带来不祥的风暴。她惯于早起，
已经学会了用鸡鸣掌灯，仿佛率先进山的女人
才能捡拾到前夜坠落峡谷的小行星。
她抚过浓雾，战败的义军也护佑她一身干燥，
并在渡口为她准备好一条新制的竹筏。

2014. 4

秧歌的补偿

i

那次春季返乡，正是插秧的季节，好像
有人刻意安排了这次与童年的重逢。
你仅有的两次插秧经历竟间隔十余年，
仿佛你就是那个中魔后在云中沉睡的人
回来后竟找不到稻田盛和衰的界限。
祖父说："循环的接口已经松脱。"
清晨，群山在曦光织成的巨大的茧中
哈气，田中的春水也夹带着它的寒意，
刺骨的水，坚硬得像纳鞋底的针一般

在脚底回旋，在咆哮中变得更锋利。
犁耙的琴弦被光线弹奏成最后一支秧歌
切开了坚硬的水面，水中漏进了光线
喂给秧苗，仿佛在培育一种崭新的词。
日出后沸腾的淤泥裹挟着平静的嫩绿，
"正午之前，语言的浓荫定会成形。"
你小腿上的淤泥慢慢晒干，开裂和坠落，
像一位骑士褪去了战甲。正午的水田

镜面般平坦，仿佛语言之舟从未起伏。

ii

黑色的夏天无始也无终，它燃烧自己，
像黑色的炭，换回一座绿色的宫殿。
秋天，那山上流下来的誓言要殉道的水
果真化成了灰烬，因为稻穗接受了
引力的诱惑。"稻禾生长就是水在生长。"
祖父熟悉山水间的一切秘密，一如
他深知抽屉里的红契标注的东南西北。
田野将在杂草中窒息，祖父也将走出
这枯荣的循环。为此，他耗尽了自己

骨骼的弹性。囚禁在山水之间的一生
辛劳却安稳，如今，他身体变得瘦薄，
仿佛稍强的光线就能直接刺穿他的背影。
山和水一消一长，人和草也一消一长
直至相等，才能和另一世界的自己相遇。
"我竟用永恒的山水换来片刻的虚荣。"
田野全都空着，好似为了容纳你的
悔意。归城前夜，祖父把镰刀熔化
铸成一支手枪，仿佛是给你的一份补偿。

2014.6

尘埃的祝福

每日出门，我都会被现世的浅薄
煮沸；回家后，无处不在的灰尘
竟能让我平息。它们落在地面、
桌面，甚至是家具细微的雕饰上。
它们有的能一眼被看见，而细小的
用扫把聚拢后才能显眼。仿佛我就是
那个最合适扫灰的肃穆的僧侣。
像祖母秋收之后在自家院子里
聚拢月光，给回忆的灯芯减压。

渐次，我认出了这些尘埃，它们是
我家谷堆的金字塔上扬起的稻灰，
乡音之弦绷断后祖父口音的碎末，
尼姑庵倾塌后被鸟鸣磨圆的砖粒，
夏日雷霆虚掷的巨大阴影之焚灰，
被竹篦梳顺的新安江河滩上的散沙，
九一年洪峰水位线风化的红漆，
那年因稻虱绝收的稻叶之灰，母亲
坐在田埂上哭泣时裤腿上无名的泥巴。

它们躲过了雨点的围剿，避开暴雨

溅飞的泥泞，在万千之中找到我
这片脱落飘零的叶子，仿佛我和歙县的
山水之间仍有一条隐形的脐带。
它们绕着我的膝盖落定，我把它们
积聚起来，倒进我语言的空瓶子。
虽然它们频繁地出现证实了故乡的
陷落，但我更愿意把它们的不请自来
理解成故乡对我的不曾间断的祝福。

2015.6

豆腐理解

岁暮，我的祖母，一个
平生低卑的农妇，竟会

动用一个私有的星系。
"她对所有的收成爱惜、礼待，

以至于她的手掌
也会像豆荚那样裂开。"

那些拥挤在水桶里卵石般的
星球，仿佛是来听祖母

解经的人；准备脱去囚服，
只求焚身殉道的人。

星球屏住呼吸，它们身体
紧挨着，甚至不能

同时容下两次回眸。
它们站在历法的尾韵上，

因为站了一整夜而麻痹，
但终于避免了道场的片帮。

"无论井水的挽留有多甜，
也不能动摇它们赴死的决心。"

它们将在磨盘的转动中
加冕，换得崭新的面貌，

并在柴火拷问下吐露，滚沸。
祖母仿佛置身于真实的星群。

"我赞美盐卤，危险又精准的
指挥家，瞬间驯服了宇宙尘。"

从被囚禁的黄到重石压出的白，
一颗颗星球粉身，换了形骸

来到它们的理想国，
执着地完成与真理的约定。

当打开箱盖的时候，
我的祖母，小心翼翼地

掀开包袱，猫着腰细察，

极像一位校对经文的布道者。

2016. 2

像还愿诗

亲爱的观世音菩萨，好多年不见。
那年，我追随一朵地狱之花
到过阿鼻地狱，过盛的痛苦
像雨季的鞋底上无法甩掉的泥泞，
谢谢你出手赠予我诗的云梯。
如今我所求不多，在别处找到了
一张宽容的纸磨洗我的口音，
像夏日蛙鸣抚慰我受损的耳力。

这几种声音掀动着往事的细节。
一如旧日无辜的星辰已被谣言
击落，坠入庙亭对面的山里，
之后发了芽，长成闪电的亲戚。
每日我的碗里总有一块殉道者的
遗骨，它总是刺痛我的喉咙，
"如同那些难以咽下的过往。"
为此，我养着一片薄冰供奉它们。

今年的秋天来得比预想的要早，
仿佛召唤。"夏天会有终结，
而秋天没有尽头。树叶里的

海折旧了，因为造物主在秋日的
林间早就安排了无数的告别。"
"有一种必然驱使着我们。"
电话里，外婆说你住的山涧里
清泉由于受到感化恢复了流畅。

"水从它自己的身体上流过，
撞击着虚空，直到冬天来临。"
绿一度在泉水中逊位，它是农民
拥戴的皇帝。溪水像琴弦一样
绷紧，茶树成行地抄袭了琴谱。
醉酒的飞鸟和稀薄的流云随之起伏，
但它们属于不同程度的涣散。
"积雪获得你的安慰而不曾溃散。"

我能想象电话那头的外婆弓着腰，
仿佛她一生都在向你致敬，一生
都在担心那些随时失灵的禁忌。
"所有的禁忌都是对人性缺陷的
弥补。"谢谢你看在她的分上
才把我收为嗣子。她还说，对面的
山巅越来越高了，因为穷人
不起眼的祈求；山脊越来越锐了，

仅能容下她脆弱的膝盖。你知道，

她仍然为我许下了愿望。亲爱的
观世音菩萨，请和我一样爱她。
这是我的请求，无法偿还的请求。
此刻，黎明像骨折的冰块涌入
我的窗口，"不要和幻觉做斗争。"
她是对的。带着更多的羞愧，
再次，我回到了人世的悲欢之中。

2015.9

山巅的仪式

九九年的夏末，舅母预言山巅的积雪
定是消失殆尽，"那雪因积年而发黑。"
她是个一生都不曾走出歙北群山的女人，
仿佛那些细长的羊道仍能将她迷惑。
那年她曾在山巅一角施了块花生地，
她明知这地极可能因为干旱而绝收，
但仍坚持去收挖，像是在保护一种循环。
我决定随她登山，为了在山巅与群星

并轨，以为能提前到达世纪的尽头。
我们翻过了好几座山，走得那么远，
好像单纯为了与谷底的人群拉开距离。
山路因为陡峭而变成一根绷紧的绳子，
"有水相绕的群山其实是头搁浅的
巨鲸，因为山巅那么平坦仿佛鲸的背。"
我们顺着绳子爬，爬得越高，我回头
望见的深渊里的双河村就越显渺小。

山谷中的河水缓慢，像世纪末的遗嘱：
"浅薄的河水能延缓时间的稀释。"
舅母说："河水由变质的树叶融化而来，

有三处细节为我佐证：深潭的绿、
水光洁的皮肤、两者都由细的纤维织成。
但我不知，谁完成了这次隐秘的转译。"
而我只看见河水弯弯，被山打了结。
有好几次，舅母走到快得不见了踪影，

仿佛整个世界仍有缝隙让单薄的她
挤在茶园的黛青之中，然后化去。
那天舅母穿深灰色的工装，这令她
无法在登顶的过程中发现云朵已变浓。
"云本不属草木，它是鲸的哈气。"
"乌云因为不识草药的属相而无力缓解
歙北的灾情，要防止被云追上免得
它的影子在你背上留下不吉的痕迹。"

在山巅，脚底的深渊也渺小到没有五官，
是的，过多的挖掘加速了舅母的衰老。
收成果然不好，仅有些乳白色的嫩荚，
就好像我们并非是为收获花生而去的，
而是为了在山巅完成一种秘密的仪式，
仿佛在这仪式里她能探索出人类的出路。
返回时，闪电激怒了乌云，漆黑的雨
顺着手臂流经手掌形成我最初的掌纹。

山巅的仪式（副本）

一九九九年夏末的一天，我和舅母
为了去一个平顶的山巅上挖花生，
我们几乎是在雾里翻越了好几座山谷，
像两个黑点融化在茶园的黛绿之中。
实际上，那年的花生因干旱歉收，
仅有少到可怜的乳白色嫩荚，
就好像我们并非为挖花生而去，
而是为了在山巅完成一种秘密的仪式。
返回的路上突然下起了暴雨，
漆黑的雨水顺着我的手臂流经手掌
形成了我最初的黑色的掌纹。

2015. 8

转山少年，赠表兄吴璐

"如今，我们在不同的城市
类似地梦游；而回乡之路
断绝，被不透风的荆棘绑缚。"
那条路属于艰辛的九七年盛暑，
为了避免在群山之中沉没，
你变身为自己铸剑的瘦骑士，

三十里以外歙县竦坑中学的
初三复读生，逢周六放假
徒步回采石村向大姨领伙食费，
沿着山脊穿越乡界，尽管
山路的语言迂回到本地的走兽
才能理解，但还是没能甩开

紧追的暑热。你是常年在黄昏
巡走的丘陵卫兵，有夕光
反复鞭挞过的滚烫的脊背。
"有多少条岔道，就有多少颗
缓慢升起的星宿。"天幕
先是红色，尔后变淡又入浓，

这个变化中，无主的弦月完成了
在各个山涧里的繁殖，
就好像寄居在石缝里的石鸡
才是月亮隐秘的生母。
在月光普及不到的最后几里，
你必须讨好会发电的萤虫。

到家时，月光斜照进你家院子，
照亮了大姨半喜半忧的额头。
那是属于贫穷时代片刻的温馨，
那时我还不懂得它的短促，
也未曾发觉到山路是一件容器，
接住了少年消融成滴的背影。

2016. 8

第二次去黟县

通往小县城的公路仍然同上次一样曲折，
路面起伏，仿佛群山规律的呼吸。
初春，路边的杂木林好像是刚刚漆过，
被唤起的回忆与警觉的风景偶有重合，
山茶花已攀上枝头，你初识她时，
她还是流水。她暗示你：群山已经滚沸。
另一边是漳河，河水湍湍，受惊一般。

快到县城时，你停车以辨认远景的虚实：
横在眼前的山峰因为远离集权而葆有
蓝色，它耸立，如一座塔，"是寒流
把它磨尖，日夜清醒。"它的轮廓模糊，
像你的记忆，也披上一层透薄的纱衣。
你竟也无法分辨半山腰诸多的白色
之中：哪种白是积雪，哪种白又是云。

经山水哺育的清甜释放在主人奉上的
绿茶之中。"草木初生，衰亡，像音乐
汇集成蓝山之蓝。""而蓝山仍在升涨，
它的蓝也逐年加深。"田埂、炊烟
和蓝山都站定了位置，你伸出双手

和它们一一拥抱。返回时，泥泞的道路
比进山时更曲折了，仿佛山水的挽留。

2015. 3

少女建筑史

〇三年，屯溪的雨仍是一种甜食。
那天，成群的铅色云朵之下，
你在巷口接我，石条被檐水
冲洗得发亮，仿佛本地刚经过
一场骚乱。实际上，小城平静
连石缝之间尽是四邻虚掷的
时间之灰，甚至没有旅尘。
你说那就是你家和燕子合租的

半栋徽式老宅。外墙黑乎乎的，
好像瓦片是位不肯懈怠的染匠。
"燕子刚外出谋食，巢似有余温。"
穿厅堂而过，楼梯折叠了你
潮湿的鞋印获得了幽暗的格调，
可是你利索地登上二楼缓冲了
它的逼仄。"全是骨架的房子，
真空的灯代替了实心的火焰

撑起了半栋楼里成捆的黑暗。"
书桌的四只脚要用你的步调
摇匀，无论卡带摆在怎样的位置，

都不能阻止歌词和浪漫派诗人
自如地栖身那自甘黑暗的房梁。
格子窗外，云取代了水塔
给天井中的青苔扮演失职的句芒。
我看见了檐溜中间的分水岭

和黑色的正逼近我们的雪崩。
"我视其为告别的预示。"
此刻，我在记忆变皱之前留下
拓片，而你在松江的新房内
读这首诗，四壁白得让我相信
它和我当年所见属于同一次雪崩，
它将我们拆散，又个个合围，
将我们困在这崭新的废墟上。

2016. 10（赠李淑琴）

梅山往事

i

我曾寄居梅山三年，在比你家
略低的山腰，学习在纸上占卜。

我喜欢你把石榴花镶在指间的
天真，也喜欢你情急之中吐出的

结巴的歙县方言，而屯溪的雨
多于日出，但好在积水纯净得

很绝对，连倒影都清晰过老师
心虚的无神论。也没用任何技巧，

山顶上退役的钟楼支起了水汽
搭成的山体，我站在树和影的

默契里等你，绰号就是暗号，
就好像我们早已经学会命名。

ii

这些年，我几次绕道经过梅山，
那面陡坡并未因记忆的模糊

而丝毫徐缓——"把自行车
唤作铁蝴蝶算不算一项发明。"

后轮甩出的水的虚线，像我们的
尾鳍。"两条下山游泳的鱼。"

白天，我们汲汲埋首，以免
课本中的真理在我们手上发霉。

晚上，至少有两盏灯在梅山
伞状的幽暗中跋涉。但零点以后，

火必须熄灭，我们要把温柔的
黑暗还给枇杷枝杈之间的鸟巢。

2017.1（赠胡颀）

黎明的戏剧

我有黎明即起的习惯。用冷水
洗脸，在似有的光线中探索
静谧的极值和物什褪去声袍后
露出的轮廓。"这轮廓是黑夜
与白昼的中介。"然后在纸上模拟
发声，学习如何与黑暗共处，
与它对坐，眼看它一点点败坏。
我会在厨房里遇到四点钟
便起床的沃尔科特，他修补海浪
之前每每向咖啡求援；书桌一侧，
年轻的实习记者略萨早已经将
两页稿纸涂改得满满当当，
我和他会在八点前外出，各自
谋生，忍受外物相似的磨损。

有那么几次，在那能量即将
从匣子溢出的时刻，"它总有
无法压制的动力。"我遇到了
上个世纪末的自己。他几乎
是摸着黑，为冷却的灶台生火，
雪菜炒饭里没有一丝辛酸

味道。吞咽之后，他骑着那辆
时常掉链子的单车赶往镇上
晨读，顶着一团从未缺席的浓雾。
在那被绿丛挟持的山区泥路上，
他见证了黑暗像创世的球体
那般，因为膨胀而变淡。
四十分钟，雾由灰色渐变成棕色，
十几里宽的幕布，足以安插黑夜
褪尽、光明展开的全部情节。

2020.4.23

筑塔师

"我甚至想将自己的枯骨也砌进塔身。"
在山巅建塔，就是挖一条通天的渠，
然后用天空之刺探索灵魂升天的秘密
航线。你放下手艺，下山访物，
"塔可以给黏土一次不死的机会。"
那夜花园长谈，你说服了畏高的黏土。
你独自烧窑，炼出了它们火红的内心，
挑着砖块入山，置于寺中的深井：
"这砌塔的砖块必须经井水的浸泡，
只因这井水之甜能冲淡它的苦涩。"

夜晚，团团包裹住山顶的橡树纷纷撤离，
"建好地宫和塔座，塔就几乎完成。"
塔身在你的注视下繁殖，一夜便能矗立，
你立于其上，你就是与星辰比肩的刹顶。
而世界正在溶解，连同砖块之间的
冰川，你终于将腹中的老虎释放出笼，
而一段枯枝扎进你的身体，重新发芽。
"如果我能准确地分辨人间的七种悲音，
塔将继承我脊梁的挺拔。""像塔这般的

亚洲乐器，唯有换过骨的人才能将其弹奏。"

2014. 10

对诗：修琴的女人

入秋以后，山顶露出一间木屋，
"树叶少于蒙着薄霜的鸟巢。"

我记得上山并没有固定的路径。
"视野开阔，痛苦没有遮掩。"

林间住着位独居的修琴的女人，
"山下是因欲望而浮肿的人间。"

她的母亲留给她一把走音的古琴。
"每晚，我抱着琴才能入眠。"

我在春天爱上了她，曾给她写信。
"叶落尽时，我拆开有余温的信。"

我爱她冰冷的，会发芽的指尖，
"信封里并没有结出厌世的果子。"

太迟了，即使爱意未随季节冷却。
"如果真的太迟，不如永不抵达。"

母亲死后，她再也没有下过山。
"我害怕杂音，也不擅长告别。"

没有人见过她，但晚上琴声灌满枝叶。
"不如把身体还给这继承来的落叶林。"

总在虚构的敌意里陷得太深。
"我曾一度找不到晚祷的理由。"

她志在修补声音，做弦的仆人。
"修琴，为了不让母亲再死一次。"

点烛定弦后，未来就允诺了她。
"所有的夜晚，都是古代的夜晚。"

落叶因幸福而奔跑，仿佛应和。
"每个声音因祈祷而饱满。"

如此的天赋，好像她是伏羲的女儿。
"我在灯下，复你夹着雪花的信。"

2016. 9

失落的女巫

自从腿落下残疾，她鲜与进城
做工的妇女来往，避免失落
被交谈放大。秋收之后，
她整日流连收割完的稻田，
"总有遗落的稻穗，多得像
两鬓白发所牵动的悲哀。"

几乎每一次，她都将身体折弯
到极致，有时索性跪下，
像是服软，仿佛低头就能获得
荫翳，又像是报恩，"简单的
重复之中我终于明白为何
我所见的石佛大多是断了头的。"

那只蛇皮袋像是装满了星宿，
"重量仅次于她的呼吸。"
这叠加的重物分担了她的病痛。
"它们从未后悔在此间坠落，
就好像田野是星星的游乐场，
而稻茬是唯一的暗道入口。"

直到暮色变成她不合身的外套，
她回到伏在寒露之下的屋顶，
等待月亮悬高时似有规律地
铺开那些经她之手打磨过的谷粒，
那一刻，她多像名女巫
瞬间就复原了那张失传的星图。

2016. 9

暮春夜晚的两种风格

i

暮春，在暗夜之中练习辨声
成为我新增的一门晚课。

超载的卡车驮着的不论是沥青
还是即将被植入脊梁的混凝土，

无一例外地，拖着疲惫的车斗
朝我睡眠的浅海里投掷礁石，

似乎是要试一试我焦虑的深浅，
试一试舵手的耐心有多少存余。

扶着窗帘缝隙漏进的光柱起身，
我看见：路灯的数量没有变化。

连夜的激战，都不曾出现逃兵，
"它们早已适应了漫长的黑暗。"

ii

我时常回想往事，好像所有的
回忆都包含对自身处境的怜悯。

想起在失意的皖南，统治暮春
长夜的声音有以下三种：

晚归的人掀起的狗吠，蛐蛐
求偶的叫唤和一亩亩的蛙鸣。

"声音如果不是山体幻化而来，
那山巅为何一年年削低了。"

那些乡居的日子，我很晚睡去，
直到蘸满幸福的露水形成；

我很晚醒来，常常因为母燕回巢时，
泥穴里的雏燕发出的那阵阵骚动。

2016. 2

歙纪，寄傅岩①

明末的新安四塞，携带坏消息的云朵
因为内心的沉重，而无法越过重山。
帝国加速灭亡的离心力将歙县甩出
战争的泥潭。你居万山之中，训练山岭
长成卫民的雄关。深谷囤积本地的云，
夜聚晓散，你在袖中蓄清风，春土为粮。
被教科书劫持的历史已经模糊了你
经世的细节。"虽身无兵甲，但良知
武装了我的血液。"事实上，我们
处于相对称的两个时代，每一次遭遇，
我都能感受双倍甚至多倍的痛苦。
我们的不幸在于历史总抄袭残酷的章节。

找犹记得亡国之年的那场大旱，县城
被晒得像一个发皱的山核桃。
仿佛天气是由诅咒把持着，你焦急，
如夜行的援军，顾不上指尖的火焰。
面对镀锌的万物，你把灭火器别在胸前。
你走出花园，理解了一个县的渴意，

---

① 傅岩，崇祯朝歙县最后一任知县，后为明战死。

旋即你祈雨，做大地和云朵的伟大牵线人，

"求雨就是让口吃的云开口说话。"

最终，神明助你在求雨的经文中摸到

触发暴雨的引线。"是万物组成了神明。"

你急切地冲入一朵来不及完成的

雨滴中，那里正在预演国王的葬礼。

2015. 8

歙县河西寻访渐江和尚

歙县河西，丰乐河和练江像两只佛掌
在此处合十，这让我笃定：你就隐居
附近，将一座山裹作外套，成为山之核。
那次，我见识了马蹄形的温驯山脊
惊人的耐力，步道一级一级，试探着
访客的诚意，又像是与现世决裂的筹码。
不设防的群山，解冻的山谷，光线
正温柔地给露水拔牙，水汽上升，完成
对云的补给，而低处的松枝即将垮掉，

与露水消逝的方向相逆，我感谢它
舍身之教诲。所以，越往高处，身体
越松弛，仿佛体内寄居的恶魔因畏高
而退散。我看见了悬崖之下的县城，
博物馆般的县城，满脸淤泥的县城。
披云亭附近，一只黄鹂站在最高的枝头
歌唱，仿佛它就是歙县的俄耳甫斯，
我的视线托举着声音越过蓬松的群山
而未消损，像个声音传播学的奇迹。

实际上，绕了很远的路我才找寻到你，

一个隔着几世的地址，住着一个除封的
藩王，平静得仿佛从未受到帝国的迫害。
一个是隶属永恒的画家，一个是克制的
学徒，却都是拖着脐带亡命的人。
我知道，以山水为师，就能成为你的
同窗。"枯枝落地后把身体交还给
古老的母亲，江面像秋收后的刀刃般
明亮，你看，江水的姿势陈旧而犹豫，

它们再也没有机会回到源头，直到
它们内心再次修炼至寒冷，变回冰块，
还要借助鸟鸣之中滚烫的滑轮。"
近处，你的坟头干净，想必清风日日
抚扫，墓前开阔，适合卑微的星辰
投下自己的白骨，投下抱负的残骸。
一只橘子是你示我的招待，"我们曾在
江边偶遇，又在这林间重逢，只为了
我们虚构的友谊能如念珠那般圆满。"

2015. 10

屏　风

推窗，笼罩在问政山之上的风暴
已经成熟。云爬升到了黑的顶点，
雨如约落下，像崩溃的皇帝
自杀用的那截不能反悔的白绫。
"世间的雨水，无不来自冰川
松懈。" 暴雨的嘴唇裹挟着
想象的滚石，去敲响城门外的丧钟，
"就好像雨是王储，是痛苦的

容器。" 随即，雨的箭矢攻破了
被抽脂的城池，云转瞬解体。
一座县城在一场雨中完成了
朝代的更迭。是的，每次士兵的
到来，都使得练江更脏一点；
每次君主的改姓，都加深了天井
晦暗的程度；一种对恶的忍耐
再次被低估，永恒的失落在加速，

没有回旋。暴雨之后的江水膨胀，
水面上没有波纹，好像没有人
愿意沦为泡沫。环抱县城的鲸群，

也不能细看一番。"要设法
挽留住这幅山水，让它们在纸面
生根，即使日课般的祈祷
仍然是不够的。"驿道被压断，
因为累积太多过期而腐烂的军情。

失去首领的义军退入七月的沼泽，
等不来的援军诱发变质的军心，
像疟疾传染开来，挫败感引来
清军包抄了你，必须从泥泞中
突围，在信鸽返回梦境的岔道之前。
"虽然受缚的歙县曾像支自度曲
让人觉得称心。"你将战旗熨平，
连同亡母的灵牌，和画卷一起

藏在祖宅的地窖里，甚至没有
多余的空格塞进战友的遗像。
"要堵实盖板的隙缝，就像把时间
关在钟箱里。"自此，歙县、亡友
和虚构的山水是你梦的三根弦。
你离开后，云朵被囚禁、装扮，
保守的员外躲在失节的房中假寐，
县城被冻结，空难过后般死寂。

而隆武，不过是另一个报废的机器。

武夷湿热，皮肤暴露在挽歌之中，
你夜间续梦，每每迷雾里落水
却够不到梦的扶手，压抑到快不能
喘息，好像死神早已偷看了你的
底牌。剃度，大概是因为暑热
之中的冲动，也顺便退去了心灵
过高的温度，就能消失在清朝

长长的黑名单里。"不如在佛经里
改造，仿佛置身一扇屏风之后。"
经文的宽容能化解箭矢的速度——
所有的拳头变成空心的。屏风的
一侧堆积了冰冷的金属，另一侧
心的孤寂在堆砌，野心被埋没，
你放弃了御敌。"佛经竖起来读，
就是庇佑之屏风，助我度过沼泽的

中年。"挣扎之中，每一次擦伤
都会掀开一条陌生而痛苦的伏流，
每一枚卵石都会误认为亡友，
"旧日在回响。"那是一种安宁
也治愈不了的怀乡病，你发愿
要重读山水和卵石的根，为枯萎
之成因翻案。"人是一种肉身的
卫星，绕着故土环航，向它投影。"

"武夷的每一片树叶都像独木舟。"
是的，类似的误译加剧了晦涩，
象形就是密码，直到你的法力
能从任一枯叶中辨认出回乡之路，
"毕竟所有的相似都包含暗示。"
一扇屏风被挪开，露出戒疤，
师父说：要在八月归抵歙县，
因为彼时塔投于江面的阴影最浓。

是旅舟的轻快缓和了你的病情，
航线的屏风，把山河分成两瓣。
竹篙未落，风已备足了细浪，
将消息传递到两岸，快及岸时，
又忍不住卷刃，"那么多的
同心圆，你是旋涡之靶心。"
河道越窄，两岸山峰的敌意也渐
消退，风景与记忆羞涩地偶合。

一种已知感在上升，好像时间
也并非连缀，好像昨日故乡
一直赋加在身，成为意志的补丁。
你的焦虑在水的信任下缓解，
为你护航的水鸥舰队吐出云朵，
它夹着乡音的洁白在河道旋转，

它和天空之母云以你为屏相对，
分享着同样的表情和血缘。

船夫的竹篙，穿过水草的叶簇
向卵石打听新近的死者名录。
"死亡曾在五年前被切齐。"
到达渔梁时正是黎明，浪比风急，
但波浪之中饱含仁慈，显得迟疑。
改嫁的歙县被船夫的战栗所撼动，
在一个生还者记忆的顶点苏醒，
晨风中，你获得了夹杂着饥饿的

幸福。上岸之后，你已是浮世的
新人，经过几座破损的寺庙，
几间塌角的长亭短亭，民居空空，
像张白卷，你要避见本地的
浣衣女人，不能抬头，看见亡国
之人的脸。如果愁苦是种风俗，
那么本地的秋天由女人的脸拼成。
"立秋过后，不可在露珠于松冠

消逝之后浣衣。"通过愿望的
积累，你回到了亡友中间，
在目击过更多的屠杀之后
"死神从未缺席，但偶尔仁慈。"

你克服一种羞辱重回歙县，
道路是全部的隐喻，全是亡友
经停之处，本地的风物默契地
轮回像一支支箭矢将你冒犯。

而泥淖中的县城、被雾气翻新的
县衙像一种酷刑，告密者早已
用情报兑换了爵位，发迹的同时
发福，四处阉割，在诗文里捏造
隐形的监狱；而商人混血，
继续卖盐巴，长长的发辫稀释了
他们的耻辱；河道也学会了弯曲，
给更多贫穷的村庄带去肥沃的淤泥。

披云峰仍然是一座饱蘸绿釉的
屏风。屋檐下，一只画眉在用箭杆
修巢，并装作这无关家教，
雏鸟试飞归来，巢壁上有余温未散。
"每一个落日圆满的黄昏都是
没有缺陷的家。"你站在檐下，
在画眉看来，你是有缺陷的人，
由于过于肃穆，你的上肢在退化，

变成柱子。"我也曾站在那里，
另一只画眉，立刻认出了我的

形骸。因为我戴的木枷太过醒目?"
山脚下，在你寄身的五明寺，
当世界普遍软弱时，长庆塔的塔顶
却越来越尖，"尖锐的东西不容易
被归纳。"重新面对山水之前，
你曾以为你失去了交谈的能力，

持久地注视之后，山泉因你而
起伏，群山为你奔腾，鲸群般
游走。不用谁的示意，也不必
与神攀亲，你感到一种力量的重临，
喜悦。仿佛在时间的监牢里，
你仍可以做一个自我救赎的人质。
多年的中断之后，竟然到处都是
山水的入门，仿佛祈祷的酬劳，

仿佛你正是山水要寻找的那面镜子，
一位山水的编辑，它们在笔端
向你伸出求援的手，期待你去松绑。
松枝领受到新的觉悟，拒绝成为
灰烬，因为轮回的完整更为诱人——
变成松烟，墨块，置于桌角，
像台录音机："我手中有笔，
笔端有浓墨，我何必哭出声来。"

入夜，待所有木鱼完成自我催眠
之后，五明寺提供了一种寂静
供你回忆，你要以身养纸，恢复
它的信念，找回它对倪云林的
记忆，用墨建造山，用月光
教化水，去开辟属于永恒的面积。
但所有的过程都依赖纸的灵魂，
所有的运笔都像修宪一样慎重。

闭门千丈雪，只因月光无人打扫。
油灯难改瞌睡的恶习，所以
灯芯要搓得足够长，以便对峙
门外的风暴，云从门槛爬进来，
跃入铺开的纸上定居，最终，
它会成为鹤的粮食。巨石之上，
哪些是松，哪些是柏，我已不再
分辨，即使它们从未交换过指纹。

青苔学会将山水和人间缝在一起。
如果你在研墨时加入画眉的啼鸣，
当砚池在午夜露底，那些击中
你的箭矢就不会受到唆使涌来，
那些追随你流亡的黑铁，已经熔化，
从笔端溢出，变成那些黑色的，
欠光泽度的巨石。"松可以是弯的，

但松针必须是直的，因为记忆

从未停止煽动。"灯油触底将尽时，
屋外落起了雨，雨点是实心的，
雨线却是虚的，难以解释的事物
还有：如果雨滴坠地的声音不曾
汇成洪水，那么为何我的耳道里
满是不可测度的淤泥。困惑耽误了
作画，每晚都漏画的事物包括瓦片
之间渗进的月光、枕头之中不幸的

湖水。白天，你继续做纸的副手，
一个翠微中人，须眉都是碧绿。
为了给一块墨添些底气，你反复
登临黄山，一座南北大屏风，
看四进制的山水无所畏惧地循环，
你在群山游荡，行使了菩萨的
部分权力，搜救误落人间的星辰，
帮助曾经失控的它们重回轨道。

你查阅所有的路径，每一座因遁世
而虚无高垒的山，造访每一处
无冕的巅峰，每一处将晚霞私藏的
山谷，"黄山之谷，垄断了天底下
最白的云。"所有的溪水都因为

咀嚼过雪而需要奔跑来抵消战栗。
那些浸泡在寒溪中的巨石，雨点
是它们的母亲，赐予它们心跳。

雪夜，你常常剪一段雪山做僧袍，
虽然向上的台阶满是告诫，
涩得像是按不动的琴键，两侧，
雪镇压了所有山谷。积雪的
筑巢那么精确，伏在山坳里，
"有积雪的山像屏风之内的女人，
褪下蕾丝的引诱的裙。""屏风
填补了想象。"溪边，你饮下夜的

黑色脉搏。如果在夏夜，到处是
光滑的石面，这归功于月亮
投掷的白，从石头到石头，山川
银白，有的像羊，有的如马，
好像你是牧人，抬头就能饮星。
有时山顶平坦，像风用指尖无数次
拂过。"无论多么委屈的心，都能
被山风抚平，就像被月亮吻过的

额头最幸福。"夏日山谷中的溪流
有抑制不住的激情，起跑那么白，
在拐弯处翻滚，仿佛山谷的褶皱里

住着好动的雪猴。你站在谷底，
一列列勇士像泪从山间的虚空中
划过，不惜碎骨，陨落之声精确地
穿过耳道。如果训诫的密度低于
空气，你就能升空，拧开想象的阀门。

你在黄山、披云峰、异乡友人的
庄园流亡，歙县、宣城、南京、
扬州，串起来就是囚禁一生的
念珠。"劫难的打磨，通透又纯净，
让它更接近一座空荡荡的宫殿。"
直到那年夏天，你从庐山泛舟归来，
饱含友谊的练江之上，一场
宴会的狂喜中，寒冷偷袭了你。

"是塔的浓荫加剧了夏天的衰老。"
你知道，在傲慢的黑暗中冒险，
不可能有归途，枯萎是唯一归宿。
你没有向死神哀求，因为你
仍欠顺治皇帝的绞刑架一笔旧账。
"用浴缸养鱼就能打破池塘的
制度。"抵抗的后半生，像个
音符熄灭，你这山水的宠儿。

你从披云升起，归到群星之中。

往后，连钱塘的潮汐也懂得了
月亮的含蓄，奋力赶到披云而止，
仿佛朝圣，一颗星星的故乡。
乡党遵你的遗愿，在墓旁植蜡梅，
你的温热从雪花的脸上滚过，
加快了她的呼吸，你这饮光之人，
魂香通过梅枝散回人间。

我曾拜谒过你，不少松针落在
你的坟前拒绝时间的潦草审判。
墓碑旁还有一只金黄的橘子。
我们隔着时间的屏风面对着
用一个地名和一种近似的黑暗，
一种满腹字句不能出口的沉默，
屏风两侧，尽是声音的荚，
仿佛两行诗之间多余的注解。

2018.6（纪念渐江而作）

第二辑

羁 旅

钝 器

"好像，下过一场雨。"
被红绸蒙面的石狮，眼眶湿润。

"我终会变回植物。"
一枚熟透的白果从枝头剥落的声音。

幻想就像高大的黑松挡在眼前。
你没有妨碍任何人。

云朵被绣在天上，细细地消亡。
你的眼神如野兽，既美好，又哀伤。

是的，盲目的热爱，让我们一生黑暗。
到处是隐蔽的哀伤，连瓦罐里，也藏匿着

烈火。在大水桶里融化，如同细盐。
盆栽的木偶，喝营养液长大。

苹果园中的一桩意外的死亡事件。
一个表面的解释。

2008. 11. 27

送冰的女人

傍晚，一位送冰的女人推开地下室的门
搬来新鲜的冰块，和落雪的消息。
她言语利索，像一个正在执勤的传令兵。
她一路来连门牌都不曾看过，正如她
经常拒绝生活中理性的部分。她鼻尖通红，
脸庞像座冻结的瀑布，她归顺了身体
内那条直立的蛇。一层铺展于掌心的
薄冰，不可能在同样冰冷的地下室融化。

你试图伸手去弥补温度的裂缝，最终放弃。
冷是一种传染病，类似于孤独、沉默。
"这是唯一的一场雪，不可复制的雪。"
此刻，广场上，人群潮水般退去，涌入夜空，
仿佛烟火。在无人的公园，你看得更清晰：
公园像一个簸箕，装着湖水、植被和积木
搭成的屋子，它们全部静止，像一个声音的
仓库，和昨日的傍晚，完全是两种景致。

"雪是一种战栗，是一种退化的信仰，
是阵亡的战友从天堂寄来的贵重信件。"
一片雪花稳当地落在她的发尖，尚未化掉。

雪花洁白，如广场上的鸽子，它不明白
你脊骨中黑暗，也不知她长发下被遮蔽的
不化的冰层。雪在低处消耗自己，化作
纸上的白玫瑰。突然，一片雪花落至头顶，
顺着前额落下，挤出你身体里多余的黑。

"青松负雪，公园以白雪为衣，如我们
飘浮在一座雾港。"天空把灰色聚拢，
像一次镇压，从容不迫。她脸上的光愈暗，
住在薄冰上的女人，熟知你心魔的病历。
雪花如大多数人，朴素，没有技巧，终会
成为你们前行的障碍，若将雪花折叠，
它必将坚硬，成为子弹。你们在积雪上拥吻：
"这场雪后，我们是否会麻木，不知冷暖。"

2010. 1. 4

黑暗的秩序

一座患肺病的城，在白昼的喉中焚烧。
日光滑落，像雪崩之后，露出黑色
脊背的群山。你们酒后夜巡，无法
入睡，像是一群被噩梦惊醒的雏鸟。
一阵激情被安抚后，你们退至叶家花园，
它是夜晚遗弃在东北郊的一枚纽扣，
横空降临犹如夏日圣洁不沾尘土的闪电。
但它紧闭，像一扇上等人家的窗户。

假山、绑困湖水的小径、空泛的广场，
你们总是按照固定的秩序游走。石板铺的
小路无常鬼般煞白着，为我们经过，
这琴键，弹奏一段寂静接着另一段寂静。
树影抚摸在你的背上，在这座声音的
孤岛上，因为异于他类与大陆割裂。
"所有的幽暗是同一种幽暗，所有的命运
只有同一个结局。"溺死于湖水的病人和

湖底的沉船都没能在湖面留下航迹。
喷泉在夜晚静止，像一位息怒的中年讲师。
一束月光挤开树干照亮你脸部的疤痕，

众人席地而歌，你们之中缺少了一人。
歌声站在另一个制高点，与鲁莽的
铜钟长久对视。"我们将在这夜晚迎来
黑暗的顶点，我们将在这夜晚等来
我们命运中永恒的窥视者，他眉目清晰。"

"诗歌像一只在芦苇的苦涩中任性的鸟。"
荒芜的居所和南方广场，都曾是祖上的院舍
和耕地，黑暗躲在最茂密的黄杨木丛中，
有最富足的弹性，不像泥土中埋着的白骨，
又酥又脆。"所有的事物都必将在诗歌中
恢复原本的秩序，包括史书中的一起政变。"
话音落时，你兴奋得正欲蹬地而腾空，
却感觉有股外力拼命地想拽住你的翅膀。

2010. 1. 14

夏至，二〇一〇

在夏至稀薄的曦光中换氧是何等幸福。
风竖起杂草的耳朵，感觉潮水退了
多远。对于纸张的磁力，你无法回避，
用阴影点饰甜蜜。你走进宇宙的露天大厅，
坐下，仿佛在等友人归来，你还安抚了
几座岛屿，那些龙王弃之不用的棋。
无影列车将从深海冥域突围的消息
在急速奔跑中破碎，化作没有头的邮车。

一张明信片飘至，画面是一九九一年
唯一一场雪景，你必须将衣领之中
不通外俗的故土抖尽，才能看清背面的
留言："海是命运的中转站。"可是，
大海并没有邮递员和出售邮票的窗口，
寄给独角兽的检举信烂在橄榄核之中。
"要么把我领回树枝，与果实为伍；
要么修剪好我的残翅以便我继续南飞。"

你对着鱼的耳朵，想和蓝色打个电话。
为了追上奔跑的词语，你边跑边说，
你无法制服那些不着鱼鳞的词语，

习惯性跑题。谈及近况："我和蚂蚁同穴，
协力铸造光芒的子弹，它们逆向飞行，
洞穿纸片和语言的篱笆，势不可当。"
"注意手势，免得误伤自己。"说着，
跑着，蓝色冲出了服务区，话音中断。

你来到了大厅的沙滩上，用身体贮藏
日光，为制造闪电囤积足够的原料。
沙滩上吐出了海蟹，那是邮车的钥匙，
它们不识风月，往往以春梦作为早餐。
现在，你脚底全粘着踮起足尖的草籽，
你融入它们，在被摆布的命运中不住奔跑，
日行千里，还蹚过一条众日铺满之河，
它出奇地冰凉，仿佛从未被爱过。

2010. 6. 24

残　局

平缓的山丘，像黑色的铁块
棋子般布于众河之间。

无法发芽的棋局，在自然剧场枯坐
不如退入幻想的密室。

行军中的兵将头顶的白云拧得更干，
防止过河时天空突坠暴雨。

它身负闪电，如背着一张巨弓
在急涌的河中浣洗命运，

将它洗得更薄，在朝暮之间往返
像破碎的湖水在你手上流动。

一群蝴蝶像一页象形文字
冲出虫蛹残酷的梦境。你率领词语

走向树枝的末端，语言必将
颤抖，像棋师虚无的嘴唇。

2010. 6. 30

莲 师

"莲师。"你放弃追月，放弃生活在云端
服食延寿的仙丹。背对岛中之湖泊，
逆着舟痕，你目睹大陆被灰尘一点一点淹没。
你追随种子嵌入淤泥，往更黑的地方走
才能排除无意义的杂音，往灰烬深处走
才能抵达嫩枝之末，才能识破一生的迷局。
时间溢出你的掌心，像洗不掉的荷渍。
你夜间漫步，手执一只坏的闹钟，额头通亮
像只手电筒，仿佛赶路去唤醒喝醉的刺客。

十五之前，月亮在云层之上继续生长。
凶猛之鹰伏息在塔尖，像是中了巫术
脸庞渐渐变小，你替鱼群在交错的莲叶上
寻识回乡之路。它们在夜晚回到沙漠
之中的故乡，跳跃，如受惊的狼群。
你的身体也变得轻透，像只纸灯，静坐
像游荡；而你游荡时，又如一尊坐佛。
"远离绝非靠近，但它是另一种靠近。"
你不言辞，仿佛已经离开了这座荒岛。

又是一夜不眠，因为你不懂月球的方言。

清晨，你在莲叶上采集夜露，像渔民
取鱼。幽静是湖水和莲的友谊，你会临渊
羡慕鱼群的前世是一串空心的水泡。
生之微末。洁净之躯是遭受禁忌的语言。
莲叶在湖面上奔跑，仿佛藏身湖底的亡灵
正在匆匆赶路，递给你装有隐情的泡沫。
你一动不动，专心修补一张掉队的莲叶。
"我要点亮你的虚空之心，不息光芒。"

2010.8.24

柳亚子，一九一一

一九一一年，溥仪脸上的洪水正在消退。
几经变法的舌头已经无法品味骚动的辛酸，
从冒雨而至的口谕中，你挤出耻辱的
潜台词："帝国沦落，如一匹颓然的骆驼。"
你因血统中过浓的墨汁而被云朵开除，
云下的苏州被粮谷、柴火和信纸填满。
一个阴影朝你涌来，快速地没过你的下颚，
它伸出一只手，要你给死亡换一次面具。

人心动荡，像江心那只没有系缆的独木舟
无人掌舵，撑船的竹竿就要浸没江中。
太监扶着养心殿的屏风，保护皇帝的睡姿，
你独坐江堤，穿着旧制度的铁鞋，笨拙
而无误地推算着帝国的终亡之日。
你左手握着闹钟，右手执杯，品酒像阅读
一次死亡。但你嘴唇干燥："吾身在何处？"
"你身藏江湖，它完整，充满意义。"

尖叫的云像挥之不去的集权，不可能
温柔："我看见一只身影，隔着一江薄雾。"
你虚捂着耳廓，假装什么也没听见，

只顾面对着江水修眉，梳理长辫，
你额头上长满青苔，内里藏着渡江之桨。
一把无影之刀就要砍断捆绑头颅的绳索，
剪了发辫的旗人谋士们不在琉璃厂
卖止痛药，就在天牢里含泪撰写亡国史。

你毁掉日记，带领社员在纸上构筑城堡，
"口含一截潮湿的树枝，便不会枯萎。"
你左摇右摆，仿佛一只用力不当的钟摆，
夜间翻书，如掀动江水，"江疾如猛虎。"
在浊水毁掉你之前，你以闪电为食，
朝三暮四。江河东逝，像一次指法练习：
"水是语言中最漆黑的一门，唯五指
能译。"你不忍离去，直至江水变得甜蜜。

2010. 9. 13

另一次郊游

夏初，随郊游而至的旱季还未被预见，
我们相约去看湖水，开辟新的领地。

穿过最南面的镇子，路过一座监狱，
路旁边的蚕豆由甜入涩，变得饱满。

云朵低沉，因为狱卒的额头有一丝阴霾，
他的蘑菇般的下午刚刚展开菌盖。

公园里，人群是假的，山也是假的，
只有水是真的，它携带了湖的寒意。

你在蓬松的沙地上练习腾空，像粒
获得勇气之后的麦子训练退化的翅膀。

我们穿过稀疏的桦林，它们的身体
前倾，像是在围观一次公开的审判。

它们都舍不得弯曲，成为续种的木犁；
你踩得枯枝作响，惊动了梦中的积木。

在湖边，你长久地等待鲸鱼给你信号，
但湖水无需口令，它不间断地撬着堤坝，

它粗糙又孤独。返回镇上的路是漫长的，
这一次，监狱的大门愈加明亮了，

像一块晒得发白的旱地。站岗的狱卒
仿佛觉醒，抖落了肩膀上的积雪。

2013. 8

有风的冬日观麻雀觅食

这群小麻雀没有觉察到隐形的造物主
永恒的呼吸，也不知是秋风之镰

掳走了散布良知的树叶，只顾低着头
抢在大雪之前觅食，像一枚枚镍币

向前滚动，仿佛排队领取一份圣餐。
细尖的喙像犁耙般撬开坚硬的车辙，

掘出一些从卡车上遗落的麦粒，
一些被寒气浸泡得发胀的麦粒，

它们仍须将谷粒之甜与泥土之浊分得
两清，俨然一处野外考古的现场。

这群一心啄开农业结痂的小动物
低头不语，仿佛一队送葬的人。

一辆卡车从远景中驶来，惊扰到它们，
它们像树叶一样准确地落在枝头，

仿佛有根绳子将它们全部拽回树上，

仿佛那棵枯树便是它们沉默的母亲。

2015.2

寒　枝

隆冬，大雪连日，天空昏暗如灰色的蹼。
小城被积雪埋没，不得动弹，仿佛
一支在封冻的海域上等待破冰船的舰队。
一只留鸟上山觅食，只因寺院之中
定会有守年的女居士和她的仁慈。
它独自站在枝头，调校了本地的纬度。
"树枝交叉的地方会是留鸟的居所，
一如她的厢房里，现世和信仰数度交错。"
日光已将新枝扶得垂直，它低头啄枝，
"我偏爱舔舐新枝中难以收集的微焰。"

寺院因为晨钟的庇护而不被积雪覆盖。
女居士早起，去很远的井中汲水，
她首先打上来的是秋天坠落井中的野果，
并撒落给在枝头等候的留鸟，井水
为它保留了车厘子的红艳。多少年，
她坚持在曦光中梳头、涤衣，尽管
生活把她折磨得像一座移动的磨难博物馆。
她要在晨钟暮鼓中守卫理想的墓床，
"即使不迁徙的鸟，也要保留信仰的翅膀。"
她更加笃定，像一只盛满灰烬的香炉。

塔顶的雪如约化去，寺中的景致也愈发
明亮，地上受潮的橡子会加速腐烂，
尽管它有坚硬的外壳，如同女居士。
久居西庐寺，她内心孤绝，像一位岛民。
她也曾受伤害，结下了永不脱落的痂，
如今，罕有事物能袭击她的内心，
但这些圆鼓鼓的橡子还是让她对未来
感到担忧，她们一度接近，视若同类。
疾风拾级而上，将山门慢慢开启，
它穿过密集的橡林而来，又戛然止步。

她经鼓楼穿门而出，谨慎得像一次涉水，
苔藓复绿，仿佛这曾下过一场青铜雨。
石栏被木鱼声打磨得光滑，仅仅几日，
远景由钟声堆积而成，这耗费了多少日夜。
她的眼眶早已和山峦之顶的起伏吻合，
未化的积雪填塞了山峦之间的褶皱。
近处，一棵枯死的橡树横卧在石阶上，
"下山的石阶比去年更为陡峭了。"
这些寒冷的枯枝曾是天空的黑色骨骼，
也曾是极乐世界的牧人寄存的鹿角。

不仅是木鱼的起落复制了橡树的枯荣。
世界是那样坚硬，唯这岛屿般的寺庙

柔软如积雪。山径通往古老的渡口，
多少年，小城的船只绕山门而不入，
只有一只上山伐木的斧头，化作了橡钉。
而橡树终以枯死进入永恒，获得了
对轮回的免疫。"由远及近，我的世界
已萎缩成一座岛般的寺，我在塔尖蛰伏。"
她从枯枝中拣出一捆，不仅是为了生火，
也为了绑扎出一只救生筏供浮生栖息。

2014. 12

小雪日重访西庐寺

进山的路比往年更曲折，迷惑了尾随
你们的蛇。你身后的石阶立刻溶解
在宇宙的坚硬之中，因为初雪尚未降临。
即便能偶遇黑杨，也不能助我辨认
远山之稠密中哪棵是松，哪棵是柏。
山脚，僧人们化身栎子从山门滚落，
迎接曾用语言的黏土为他们筑塔的人。
滚烫的石头也积累到半山，它们流浪
至此，为的是认领晨钟暮鼓的教诲。

入了山门，寺里安静得像入睡的妻子，
地上一尘不黏，栎树的落叶背面
清晰得像条石斑鱼在风的催促下游走，
它们仿佛是从山下水塘中跃入山门的。
绕过殿前的鼓楼和厢房，你们登塔，
发觉它在秋风的养育下长高了几寸。
你对栖落在塔尖的几颗栎子无比敬重，
"因为那仅可立锥的顶尖容不得
它们内心的一丝萌动，多么难得。"

下山时，两侧的黑杨竟完全褪去叶子

露出完整的黝色的脊柱，仿佛是
为初雪的降临做最了必要的准备。
"这纷纷落叶像是在为初雪作序。"
树脊因熟读经文而获得了僧人的心境，
好像它们是从深埋地下的白骨中长出。
妻子说："树之塔，泥土的另一种
创造物。"返途中，山风像是启动了
一副多米诺骨牌，卷起枯叶为你铺路。

2015. 12

淮河风物研究

那次奔丧的途中，我第一次目睹淮河。
沿岸，杨絮如暴雪飘落，仿佛哀悼。
"仿佛这里才是雪的故乡，它们在初夏
候鸟般飞抵。"一如死者坚持死在
黄泥覆顶的茅屋。两岸的景物并没有
差别，仿佛它们抛弃了偏见，像庙宇
甘愿沉降，坍塌为黄泥而无须自怜。

渡河往北，煤渣是通向矿区的索引，
枝枝蔓蔓，多像肺癌病人的肺叶。
"肺叶的黑比宿命的戳印更具状，难以
洗白。""他曾拒绝成为一名矿工，
而无法拒绝黑暗的宿命。"五月的大地
富足，谷浆从土壤中溢出，舍给我
贫穷的亲戚。我好奇的是，谁在指挥

这场合奏的管风琴音乐会，纤细的
麦秆竟有如此挺拔的茎管供水流穿行。
麦芒像火苗摇曳，仿佛大地的激情
找到了出口。"这摇摆啊，是门哑语。"
大意是：相似的平原下，相似的火焰。

再往远处，悲伤的姑妈指着西边：
"河坝是个完美的支点，支撑着天边

晚霞，那是天空过剩的欲望。"我却
看见一片镀锌的水域，显然它融入了
太多残忍的细节，它将以回忆为食。
我不能滞留此地，我不能妨碍树冠
茂盛如盖。天色愈发黑了，汽车像甲虫
掉进无底的幕布，虫蛾在蛙鸣的煽动下
冲向车灯一如天边群星无畏地涌现。

2015. 5

夜宿泾县青弋江畔

i

我们扶着晚霞到泾县，作为历史
安插在细节之中的眼线。

安顿之后，夜色已填满了两岸
空荡荡的，正在受刑的村庄。

白月初升，毫无悔意。
它凝视过所有世代的夜晚，

我终于理解丧失家园的人
为何格外地珍惜月光。

半夜，有雾气从江上飘来，
仿佛江底有颗心灵正在沸腾，

就好像雾是它最极端的表达，
无畏地从窗缝挤入屋内。

雾早饭后才散去，群山现出
侧影，近处的一只画眉在枝头

浮动，修饰着自己的面容，
仿佛这风景就是它的梳妆台。

ii

青弋江，这裸露的少女，
她不分昼夜地细声涌动，

以盲目的独白拷问着
主宰两岸的固执的秩序。

她刀锋一样晃眼的身体，
和昨夜自投树杈的星辰

一样，属于尚且完整的礼物。
我知道：往北两百里，

她将戴上枷锁，在中江塔的
注目下冲入被焚身的长江，

冲入这人间的深鏊。
又是一次舍身的教诲，

指引我走出持久的幻觉
来到挤满罪人的河堤上，

等待审判我们的人
带来命运的黑色信封。

2015. 11

小南京

机缘开始于被一场雨隔成两截的
黄昏，饭后，我照例四处寻走，
通过异乡草木的纹理来辨认自己。
小南京卧在山坳里，不间断的
鸟鸣隔着卑微的田野递过来，没有
减损。那些布谷、喜鹊、斑鸠
散布在杂木林中，好似一个不会
发光的星座悬在我耳蜗的穹顶。

继续往山里走，路面出现了坑洼，
像一截盲文，尚且可辨的嫩绿
挤压着道路，夜色说暗便塌下来，
不给外乡人适应本地黑暗的机会。
"是声音的堆积让道路变黑，还是
神的隐退带走了可贵的光线。"
始终，我都没能找到一只鸟，
但慢慢地，我听出了鸟鸣里有

一座倒塌的寺庙和数间空的谷仓。
返回的路上，月亮升起来了，
像明晃晃的枪口埋伏在丘陵之间。

丘陵的轮廓清晰、漆黑，像
锻造物，这有赖于兵法的养育。
山脊上的树木紧密，像一把马鬃
般直立。当晚，我睡在伪装
成谷仓的房间里，屏蔽了时局的

干扰，我听见了枕头底下有虫鸣，
有空的地窖，也有数条暗河交织。
所有的遇见、交谈和馈赠都将
沉降，累积成腹稿。有时，从夜的
残局中惊醒，我会反复听那晚
在林间的录音，那些彼此覆盖的
鸣叫，越听越觉得洪亮，个个都
动了真情，越听越像是在哀悼。

2018.7

雪梨考

废黄河像截可以重复点燃的
引线，葬送过多少个砀山
失意的落日。但是，甜引我至此，
"是淤积的沙滤去了黄河的

酸楚。"寻到良梨镇，乡道难以
消化那么多外省牌照的货车。
梨园隔着车窗以五码的速度
堵在视线里，像苦役那般看不到

尽头。不如停车，走进林中路，
看光线如何穿过叶隙的针眼
落入地面，比克里姆特①的技艺
还要精湛，陌生的梨农邀请我，

在他的焦虑里，所有的枝干
忍受着引力的权威，见证
甜的极限，将一座座袖珍湖泊
举在半空，拼成全新的星座。

---

① 克里姆特（Gustav Klimt）：奥地利画家，画以繁复著称。

"它们因为来自雪而冰洁，满是
前世的风格，天空肥沃，逢四月
就赐一场暴雪给本县的农民。"
"这尤物落地之前先赤身于空中婚床，

它越赤裸就越贞洁，才能冲入
轮回的磁场，等待阿多尼斯①来复盘。"
雪是一种来自殉道者的愿望。
"像今年这样流星频仍的年份，

梨格外得甜。你若是上树的话，
要牢记两点：梨必须手采，
不可坠地沾土，摘果子的人也需
禁欲，以免果肉如棉絮般松垮。"

2018.12

豫皖省界研究

"旅行的路线全由季候裁夺。"
追着黄河东下，打算从夏邑
入砀山，对电子地图的顺从
可以理解为诈降，没有山河
做天然的界，更别提几无差别的
地貌、民居和口音。"是贫穷
模糊了两个县儿童尿迹般
难以取直的界限。"像两只水母
挤压各自的裙摆无缝地吻合
而且绝没有丝毫的重叠。
出于信任，一堆杂交黑杨原木
邀我停下："它曾是最廉价的
竖琴，齐得像是本县年鉴的书脊。"
残枝自弃于一旁，像是博士后

用过的史料。"黑杨曾是桅杆，
被插入泥里，在异国发芽然后
繁殖。"本地的农耕仍近似原始，
这让我怀疑此地是神的居所，
"实际上，神只在瞬间逗留。"
苦役之中的粮农，弯腰，祈求

果腹之物，占用了半幅县道，
不停地为一次次竞速比赛而扬臂，
谷物在旁观者的疲惫中被掀起，
等待着风速去度量，等待秕谷
拟合成新的边界。"变化即是
筛子，托付风取舍。"此刻，只要
我凝神，便能感到逊位的神伏在
秕谷的自卑里，主宰着我的呼吸。

2018.12（赠闫今）

孤山拟古，寄林和靖

我已回乡多日，想必清贫的
先生也只好退回西湖。
"整个宋朝都浸泡在税赋之中，
而只有西湖是免费的居所。"

那日，我拜访孤山，想请教你
植梅的手艺。石碑上新发的
青苔暗示我：你出了远门。
兼职门童的鹤落在亭尖告诉我，

你是连夜出发的，回江淮防洪。
"像还一笔年轻时欠下的债。"
"筑堤不如给积雨云做扳道工。"
"入伏以后当月夜翻耕，

锄开月光的瞬间完成扦插，
开出的花才能雪般白，还要
种得整齐，如韵脚一般。"
它高傲的样子颇像台起重机。

它还说整个七月，它都不曾

飞出孤山，因为不忍心
对着发胖的西湖照镜子。
做错觉的帮凶。"月光落在

枝头，像层薄雪。"话音停驻
在你坟边的一截枯死的梅枝上，
它在梅季长出了野菇，仿佛
你经手之物朽烂后仍有奇力。

2016.7

孪生的黑暗

暮色，像伏兵，夹带着
被电流追击的鱼群渗入室内。
黑色渐渐变浓，像圈套
一点点收紧。我在屋内
逡巡，像个面临溃堤的看守。
"你的膝盖比堤坝更需要绷带。"
鱼群绕着我的膝盖游弋，
伴我一起避难，仿佛它们
是我未曾相认的姐妹，
和茶几上的核桃一起，
仿佛我们来自同一枝多病的果木。

半夜里我剥核桃，填补我
无核的躯体，球面的道道歧途
满是引诱。"让人惊叹，
一种骨头等于它自身的法器。"
"还有僧侣避在黑暗中打坐。"
"虽然只有发光的星球才有浮力。"
我逐渐明白，我的居所
是另一种核桃，里面同样漆黑，

像是往日阴影的总和。

2016. 6

夜晚的未来学

迁居以来，你启用新辟的航线返家。
"要加倍提防，本地的天堂和地狱
被恶意地互相嵌入，难以辨认。"
谦卑的螺旋桨推着运送西红柿
和信件的驳船，避开了全部的礁石，
仿佛你隐瞒了你曾是大副的经历。

"先生，为了克服伟大心灵之间的
引力，上楼前记得为您的指纹消磁。"
如果你和语音提示的默契还能容下
一枚钥匙的即兴探险，试一试
手气，作为回报的风景，穿堂而过的
风为你掀开一页属于未来的夜晚。

迈入门槛，即便是短暂地潜伏厨房，
天空也已将你纳为它的一部分，
伪装成楼群的硬币像教育的反面
教材，偷袭了花园。"楼群如屏风，
遮不住书斋般寒冷的夜晚，就好像
城市愿意把未来交给地平线摆布。"

你的刻薄也让七点的风景失去了耐心。
等不到八点，你的身份会发生转变：
你被派驻到书房里，翻找流星的遗骸
以填补英雄的空冢，就好像你已经
接受了永恒的邀约；就好像你早已
知道，未来对我们到底有多么挑剔。

2015. 6

重庆南山半日诗

车过长江，再往南开，你就是郊区的
新天使。司机敏捷地铺开山路的卷帙，
这几乎让我认定他是个捕鲸能手。
没有人反对我们来到黄山公园纳凉，
仿佛那是人群之中的死者的建议。
"这公园让南山比重庆还要像陪都。"

如果写史的御用文人动了恻隐之心，
"历史就并非像仙人掌那般不可触摸。"
我常常是一个搜集失败的旅行者，
买门票时，我们付出的好像是对
官邸主人的敬意，而门票上印着的
好像是一本教外地游客吃辣的秘籍。

公园异常沉闷，仿佛无法消化太多
沮丧的军情，硬朗的景色相连，
也容不下一首挽歌。薄弱的水流
几乎断掉，仿佛水道炙热的手心里
仍攥着冰块。"山上的水几乎都有
冰的血统。"水流引向女主人的

琴房，她曾在叛乱的时代练习抒情。
窗台上的黄叶宛如信件，我伸手
去取，发觉彼此竟隔着一道海峡。
远远地看，大意是：信仰是病变的
赌注，与剥洋葱相反，防空洞
越往内越黑，比历史的细部还要黑。

不知是火锅还是酒力增加了暖意，
同时减少了我们的防备，原本栖息
在树冠上的黑暗像伞兵般跃入
我们中间把众人分割成一座座孤岛。
此时的月亮已经挂在枝头，倒映在
水杯之中，像一颗解酒的白色药丸。

2015. 9

完形诗：黄梅县偶遇鲍照得诗，
附非标准答案

千里并无夸张的成分，我来黄梅

（一）。你我的偶遇，像是（二）。

你生于（三）或歙县，户口在两地

档案馆都未被注销。"那是适合

历险的时代，没有人伪造（四），

失败的练习也会被鼓励。"你是

军阀的文职，伺候过几座（五）般的

王府，终于流寓黄梅，以字凿山，

好节省出湖北的劳力组织戏班。

我醒得早，跑去见你，没想到你

写诗一夜，尚未入眠，像是幽契。

"彻夜不眠，像在重温旧日良宵。"

"你多像我认识的一位私营码头的

（六）手，他退伍转业回来，习惯

一站就是一整夜。"你在路中央，

像只（七）困在城内，增加了县城的

海拔。你的墓地是座（八），也就

是说县城的历史曾计划围绕你重建。

昨夜，你削枝为琴，斩藤为弦，

"因为一地的黄叶，像是信仰之花

被踩踏。"我的离开多少有些仓促，
谈不上惜别，简单的交谈终止于
（九）的交警命令我戴上他设计的面具，
他的固执抵消了我们偶遇的（十），
但这无法左右我们交情的深浅。

（一）甲．省亲　乙．看雨　丙．观禅
（二）甲．奖码　乙．赠品　丙．惊喜
（三）甲．京口　乙．金陵　丙．荆州
（四）甲．性别　乙．学历　丙．籍贯
（五）甲．泡沫　乙．窟窿　丙．气球
（六）甲．引航　乙．吊机　丙．指挥
（七）甲．蚂蚁　乙．大象　丙．麋鹿
（八）甲．孤岛　乙．飞地　丙．环岛
（九）甲．机械　乙．较真　丙．敬业
（十）甲．缘分　乙．暗喜　丙．神奇

附非标准答案：黄梅县偶遇鲍照得诗

千里并无夸张的成分，我来黄梅
观禅。你我的偶遇，像是赠品。
你生于京口或歙县，户口在两地
档案馆都未被注销。"那是适合
历险的时代，没有人伪造学历，
失败的练习也会被鼓励。"你是

军阀的文职，伺候过几座泡沫般的
王府，终于流寓黄梅，以字凿山，
好节省出湖北的劳力组织戏班。
我醒得早，跑去见你，没想到你
写诗一夜，尚未入眠，像是幽契。
"彻夜不眠，像在重温旧日良宵。"
"你多像我认识的一位私营码头的
指挥手，他退伍转业回来，习惯
一站就是一整夜。"你在路中央，
像只大象困在城内，增加了县城的
海拔。你的墓地是座环岛，也就
是说县城的历史曾计划围绕你重建。
昨夜，你削枝为琴，斩藤为弦，
"因为一地的黄叶，像是信仰之花
被踩踏。"我的离开多少有些仓促，
谈不上惜别，简单的交谈终止于
机械的交警命令我戴上他设计的面具，
他的固执抵消了我们偶遇的暗喜，
但这无法左右我们交情的深浅。

2020. 1

谒四祖寺

"从庐山的显赫到四祖寺的潜藏，
定有一条无形的观念的暗河
在碳性电池般干燥的思想史中逆流。"
借宿于整肃而嘈杂的兵营般的
黄梅县城，浸泡在传染病里的
县城——"那是实物化的噪音，
并且每天通过高脂的印刷机再版。"
噪声像砂纸磨损我耳道的漏斗，
"耳道里有把测量分贝的卷尺。"
县城里，声音挤压着声音，我的

举动因为过于坚硬而没有碎掉。
"我在噪音中寻找另一种声音。"
排除掉多如谣言般的岔路之诱惑，
"我曾在每个路口甩开一个幽灵。"
我找到你，精准得像穿过那
绣花针眼，这证明了道仍未阻断，
禁忌仍然保有它狭隘的腹地，
我从外省而来，把我的脚印
记在山的名下。"没有起点的旅行
最可疑，仿佛是语言驱赶我至此。"

我写到双峰山，像是为了完成
一次没有先例的表达，这座丘陵
拒绝了平原的唱腔又不得不
立足于互助的平原，这块不立
文字的阵地由无数的石块垒成，
像位终生警觉的士兵提防着文字
蛀食它的意志，他在很远处
就向我复忆了太多的公案，仿佛
所有的死者都聚集在我身边诉说。
这是不规则的山，逻辑的盲区，

它能跳出戒律的限制，这是噪音
之网的奇点，古代乌有乡的
遗址之一。山间挤出暴动的溪流
浅不过膝盖，有流速，水花
才有弯曲，才生皱褶，留出空白
以便嫁接梨花的白梦，河堤在增长
以备过冬。道路为了我的抵达，
三十五年前就已铺好，环山的路
像脐带缠着子宫，一副绞索，
引我去沉默的门庭。景区无需

购买门票，就好像并不是所有的
觉悟都依赖仪式的规则，卖香的

商贩拒收我的硬币，"像九〇年代的
乡村小卖部。"寺内无歧的宁静，
如兔角那般稀有，就好像噪音的
统治仍有漏洞，拒绝噪音的独裁
让此山成为悬寺免于集体瘫痪。
幸运的是，露水中的台阶还未垮掉，
它是唯一不能被挪用的寺产。
露珠的核，毁誉都不能将它击穿。

露珠只能在人眼中消融，它不留
灰烬，虽然它曾在钟声的照耀下
像金属般反射过梵音的光芒。
来到无人的大殿，据说早课在露水
消逝前就已结束，诵经的声音
停驻在梁柱上沉淀，经文因为重复
被念而黏连滞重。绕过大殿而上，
两棵银杏树仿佛由道信的锡杖生长
而来，它高过避雷针，接收和
翻译消息。银杏挺拔而且成对，

像礼器，仿佛有僧人在树内打坐，
一种旧语法维持着旧秩序，果子
突然如香灰坠落，他出来见我，
穿着僧袍的黄向地面俯冲，面目
发皱但色泽饱满，声音的肌肉里

掺杂苦味的经卷。"因为对垂直的
冲动,走向刑场。"它落在地面
就即刻有了新的名字,如新词法
确立,撞击的声音被空放大,
这声音没有教我牺牲,它教我自度。

黄色的雨为了被我看见而存在,
引力在雨滴小小的身体上找到了
释放空间,语言之果在母语的
耐心中落地,砸坏了暂存意义的
容器。"意义需要更新和流动。"
我这个异教徒,礼拜的动作
抵触了规范,就像我永不会放弃
冲击。我知道:鲜有事物能脱离
语言而存立,词语在每个瞬间
捆绑我。"言语一定会招来失败。"

实际上,我敲击意义之缸的同时
也被雨敲击,它命令我返回
噪音的民主。在山门口,附近的
僧祇户在兜售白果,它们拥挤在
塑料袋的小宇宙中,那朴素的吆喝
听起来更像是等待回收的祷词。
在这喇叭操纵的长夜,我脑袋里
有个模糊的光明的载体正在对冲

诅咒的坏账，与人间重签条款：

光明尚存，若我能描出暗河的流径。

2020. 1

残　碑

在青阳县某截丛林掩蔽的县界附近，
一处被断代为两宋之间的六边形
荒墟残存着你母亲和你的传说片段。
那錾入青石的汉字断篇守护着她
灵魂的基址，"似透明的容器盖于
其上。"六边形近千年而未变形，
仿佛有楗子撑着。那是被战事捣碎的
年岁，据说在你从军后，她像落日般
守时，去山冈迎你，热望充盈她
羸瘦的身体，驱使她每次带一块砖

将最高的山垫得更高祈求看得更远，
看见你从长江以北举着帆归来。
她用稻草和泥像绑扎圣物般垒砌砖台，
与山冈的黑暗对峙，"几近腐烂的
稻草是宗教建筑师未曾考量过的涂料。"
她临死时砖台有近十米高，乡里人
在她死后续建高台成为一座实心塔，
帮助她向天庭传递去一个人间的
愿望，保你活着回乡。"永恒的引领
充满诱惑，塔是建筑，也是语言

事件。"塔是手掌的分泌物，在砖块
秩序的重复中升高，它因为爱而耸立，
又像绝望那般垂直，却引来不绝的
香火，就好像有神明寄身于烂稻草间
从腐烂的进度表中为信徒赢得预知的
权利，"塔像植物一样静默、正直，
却被交叉的不幸塞满，那些在后世
戏台上一再重演的情节。"无声的
刑罚是种风俗，好像塔是灾难的
容器，把痛苦包裹在体内，仿佛不幸

才是神的食物。那塔像只氧气罐，
让人免于窒息，又像针筒注入信仰的
麻醉剂，让信徒在塔的荫翳里避难。
塔的影子变浓，因为遁世的尘埃
依赖不间断的祈愿取悦来世，典当
轮回的门票重置命运。你在新国境线
宁息后归本里，看见塔因为垄断
天意，削减了云朵的净空而被误解，
那些被命运驯服的人重复着变质的
祈祷，充斥着母亲的另一处身体。

"永生之物的价值是有限的。"
虽然理解不幸的人，但你仍希望它

倒掉，不再徒劳地拯救，塔本是
卑微的修辞。"如果没有砖多年
无声地垒砌，这塔一夜间的崩坏
就不会那么刺眼，只留下六边形。"
砖块化成黏土重获呼吸，与贫瘠的
低地相连，据载你也曾偶尔去巡视
陌生人的痛苦，但后半生只守着
这只大号的勋章，这只外置的肚脐。

2020. 8

第三辑

酬　唱

画素描的姑娘

你这个爱在白纸上画素描的姑娘，长得清瘦。
因病在乡下闲居，牢记老中医的药方和
他的白胡须有锥子的形状：煎药依旧不可用铁器，
以陶砂罐为宜，车前子适合包煎，放水少许，
汤药要在午睡前温服，窗外有几片疏影，你全部记得。
你冷冷地盯着外面，石榴树就这么无辜地空着，
只装着几声杂乱的鸟鸣。"这多么可惜，
南方的松树林也空着，却有水墨一般的黏稠。"
你曾于一张素描纸的背面这样潦草地写道。
你虚弱，呼吸起伏不平。笔尖悄然渗出的
一个夏天，眼睁睁地蒸发掉了。你慢慢地失了神，
在一个连续剧般的场景里，你的面具
如薄膜一般，一层又一层，你摆脱不了它们。
没等到全部脱完，你就要醒来，踱细步，用脚步
来核算房间的尺寸。天黑以后，你会走近陡峭的梳妆台
上的镜子，试图透过白净的棉布，重新看透自己。
可你什么也不能看见，你的眼睛光亮，闪着
异样的光芒。你极为胆怯，担心在薄薄的镜面里撞见
你的母亲。如今的你，二十岁有余，脸上竟有了
她年轻时的模样。你啊，不必担忧，只要风暴

不再掀翻祖传的紫藤椅，疾病不日便可痊愈。

2007. 10. 1

情　歌

你和我，是海上的两片漂浮物
沿海滨游走，两手空空，仿佛

流浪。两条公路赤着脚在海边
延伸，又在这里重合，像我们

灼热的身体。而沼泽是我们的
鸟笼和花瓶，茂盛的草和野花

都没有取名的必要，它们矫正
我们的舞姿。爱情是对现世的

合谋，我们因为爱而不再卑微。
我是糊涂的国王，我抛弃国土

和清洁的海湾，我只愿意让你
黑色的头发困住我笨拙的手指。

2009.12.10

另一首情歌

星期天的午后是绿色的。
鸟笼无一例外地住着猫。

云朵是上帝独享的冰激凌。
荫蔽的街道常年缺乏日照。

河堤宽且高，没过你的眉骨。
"海水赭红，江河昏黄。"

不能翻译的部分是颜色。
"江水浑浊，永不褪色。"

苏州河上往来的沙船都将驶入你的指尖，
陪伴我们在荒唐的理想中服役。

2010. 4. 1

纪念日

今天，我们有不错的天气。
树木鲜绿，天空蔚蓝，
多像一块硕大的布匹
晾在半空。云朵是免费的
棉花糖，被疾风运往长江
以北住着陌生人的地方。
我的眼前，是一片赤脚的苜蓿，
它们正在瓦解，弯弯的睫毛
一点一点消失。风呼啦啦地吹，
像个没心没肺的孩子，
一切美好，犹如从前。
我想写封长信与你分享
这秋天初临的喜悦，只不过
像今天这样般妖娆的日子，
既不适合写诗，也不适合
作为我们分开的纪念日。

2016. 8

阁楼女人诗

门缝之中递进来一份本地晚报，
页码之间是一枚夕照的标本。
她独自入秋，像在宇宙中拐了个弯
之后获得与事物核心并行的窍门。
"一枯一荣，不去寻找缘由。"
她喜爱将夏日的浓荫别在胸前，
但它的外壳正在填补蠹虫的饥饿。
"我的沉默源自无声的失去。"

树叶卷曲，包裹住道德的苦笑。
"道德就是保留无用的枯枝，
就是放弃上天代父伐鹤的邪念"。
树上挤满了刺客的呼吸，他们
被逼用新制的刀具割祖先的肺片，
像油漆匠在修补一处失误。
"我要用枯枝点燃心底的蓝，
还要在美中盘踞，直至不真实。"

她究竟是爱上那位无剑刺客，还是
爱上他身体的腥味？她有些糊涂。
"我分不清是月亮走，还是云

在移动。""无论如何，星辰逢灾年
必定歉收。"叶子是不会飞的
云朵，为防跌落，它亟须绿色的电源。
她将长发挽起以匹配窗外的稀疏，
动作细小，仿佛在度量道德的耐力。

2010. 9. 29

访鹤鸣山

衰败的日子已经降临到这一代人。
从二〇一〇回溯至东汉的曲折
不仅仅因为你必须路过的时间之灰
堆积甚高，以至淹没你的膝盖骨。
你必将历经一种附加的凶险，像
一名独自到井下做额外挖掘的矿工。

张道陵在经书的扉页上开了家
歇夜客栈。清晨，在鹤鸣之中，
你看见夜间上山诵经的店小二
从薄暮中披着隔夜之露归来。
他指引你上山的窄径："现实的北面，
虚无的南面，便是你的鹤鸣山。"

一只石鹤在山门外拂拭翅上的灰尘，
你递给守卫五斗米作为拜师之礼。
每个门徒都长发垂地，又通顺；
山腰上的稻禾上结着饱满的麦穗；
湖泊水平如镜，却无遮拦之物；
树木整齐，没有任何枝条伸入尘世。

院落悬浮于空，拾级而上，见白虎
饰神符；道堂之中，满室异香，
紫雾弥漫，两条清河穿堂交汇而过。
道童告知你：天师近日不在山中，
不过他已在经文的末页为你留言：
"骤雨终日，幽居，皆为至上的赐福。"

2010.4.1（赠李小建）

生日照：德里克·沃尔科特的花园

想必，正是这座岛屿支起了你的两个美洲。
参加聚会的客人见证了这个支点的荣耀。
诗人的后花园处于一个良湾，极像西班牙港。
我终于理解了以往你在诗行的布景，
海浪不止地冲刷你的后花园，词语因而获得
换不完的面具。白色的椅子将大家聚拢，
你喂养的几只白鹭出于羞涩，隐入了树篱，
是你将它们从最高的山巅带回你的岛屿，
实际上你并没有位移，是世界正向你俯首，
西班牙港也因为你变成地球的另一极。

诗人脸色铁红，穿粉色的短袖，啤酒肚，
光着脚丫仰卧在长椅上，双腿交叉，
按下快门的瞬间，你的眼侧向镜头。
草地青青，赤道附近的国家经年如此，
客人们曾举杯喝茶，试图消解暑气
和两个美洲的敌意。两棵热带的棕榈
看上去并无特别之处，它们伸出长叶
过滤你们的谈话，但词语的火星还是
引燃了扇叶的绿色心脏。树篱中的白鹭
索性飞得更远、更高，像只中国鹤。

背对镜头的女士的卷发把海浪引入了
交谈。"海浪是否席卷过你的后花园?"
"大海和我展示各自的绝技,从不厌倦;
难能可贵的是:读者也不曾厌倦。"
左上角是另外一座岛屿,有点模糊,
程度近似于中国诗人用象形文字写诗。
作为生日礼物,善于即兴表演的大海
早早为你安排了新的旅程而只给你
旧的景物;而这两座岛屿各自的海岸线
是否就是诗人共同守护的语言的底线。

2015. 10

张枣纪念碑

诗人，你为何要将汉语之碑凿成绝壁，
又在陡峭之巅修筑汉人的语言宫殿。
"众岔路之中，只有一条直达真理。"
你远指一枝蜡梅："那只楚地小鹤。"

作为汉语最敏锐的舌头，你志于
协助词语逃避喇叭的绑架，让玩具枪
分娩更多的子弹，扩充词语的肺活量，
还给它们矫正视力，它们眼中尽是你

脸庞的衰老。那你为何又离开汉语
之舟，留给我们一个没有你的国度，
像一个手握兵权的将军赴塞外折柳，
却又将船锚攒在手中，像县级官员

兜中备着财政的救心丸。据称，
你是死在归途之中，在狱卒的监守下
选择了逃狱。"是肺杀死了荣誉？"
"不错，一切死亡都始于肺叶。"

年尾了，你和卡夫卡合著的春秋之戏

明年还能再演。众人失去了春天，
你却定居那里，甚至抛弃你发掘的词语，
尽管它们身负看似多余的锋利。

2010. 12. 27

给毛毛的诗

毛毛，请你原谅我仍然不能
将一首祝福的诗写得甜蜜。
毛毛，十年还不到，曾经照耀我们
过河入林的星星都已焚烧
毁尽，正如那入汛以来的长江
稀释了我们的亲密。
我将接受一段祷文的再教育之后，
乘着那最后一片薄冰渡江
回到皖南，见证你的喜悦。
"谁把请柬折成军令的形状，
言辞中又夹带着初夏的羞怯。"

六月的铜陵苍苍如盖，像镂空的
绿肺倒置。一座城市折叠
在自己的绿里，苦练还魂之道，
末了居然依靠一片树叶
残存的象形记忆而复活。
"这绿并未因江水的流逝而褪色，
一如我们以灰烬做底色的友谊。"
毛毛，好像这绿是林中一种拒绝
引力的细溪，经木射线的筛选达到

罕有的纯洁，就连保管月亮的
沙利叶都曾向我暗示对你的嫉妒。

2016. 6

晚景，拟1971年冬的曹诚英作诗

参宿七的陨落导致了猎户座的溃散，
星轨被一再地涂改，仰望的人
同时失去了角色和对白的靶子。

"我的激情早已碎成了疾病。"
北征的候鸟护送着我的病痛飞回，
好似旺川地底下也有它的根。

成分是世袭的，族徽是我最珍贵的
遗产，区别着姓氏的乡音和群山
丛丛淡影在暮色中争夺旱季的暗潮

带来的消息，出于对温度的需要，
我垂头拜土，心系棉花和马铃薯，
因为饥饿里包含着普遍的真相。

我住的房子那么窄，需要将往事
对折才能容身，旧藤椅冰冷得
有点拘谨，仿佛它底下被绑的闪电

就要挣脱。昨夜，其他的星来过，

并不能增加命运的暖意，它们
——退去，留下我和闪电一起入眠。

屋外应该高悬着月亮，它曾是我
预备的婚床，也是我的伤口，
细节统统埋伏在门外，等待我沦陷。

今晚，雪花从瓦缝间落入灰色的粗布，
我在翻新唯一的冬袄，我推门
去迎它，"雪终于落下，仿佛告白。"

2018. 12

上泸桥，代寄辛弃疾

"你身处的朝代是历史的另一个低洼。"
"它踩空了一个铺在深渊上的踏板。"
一位义军将领，客隐上饶，痛恨国王
优柔的心，无法将懦弱的他拉回前线。
你安抚经过的每一寸土地，涉足
黄沙岭、上泸，在上泸桥上观景遣怀：
"多么难得，镇子十里平坦如星盘一般，
湍流挽着青山奔走，多么敏捷
又危险的动作，像是泸溪河中藏着
一群白色战马，而我再也不能驾驭。"

桑田果真演化成闹市，作为预言家，
你只猜对了一半，另一半田荒芜着。
农业的冷淡冻结了乌云的引擎，
这种相似的黑暗，想必你也能理解。
泥土被驱赶殆尽，满山的荒草
替代了你的青山，湍流是匹好战马
被上游的水坝圈养观赏，你的丰沛
和我所见的裸露河床，恰似小小的兴亡。
你比我幸运：虽然你的帝国也已破产，

但你仍有壮丽的山河作为你的勋章。

2016.3（赠周晶珍）

丘陵猎人

你这样一位内心冰如寒冬的猎人
像是刚从一场灾难中生还，
进山时必是黄昏，以便见证自己
饲养的晚霞吞食傀儡般的落日。
"丘陵蕴含着召唤，譬如松针
在林下聚集，依次腐烂。"
"经过即爱抚。"像地图测绘员，
你能将压弯的茅草译作兽径，

追踪它，你甚至能听见小昆虫
颤抖的触角。你越岭翻山，
只为看守那无人经踏过的雪地。
你知道哪里是丘陵的禁区，
即使不循着山脊线走，你也知道
两侧的小溪将在何处相逢。
就好像你灵魂的白来自那积雪，
你血液的红来自那稀薄的土层。

最高的那雪山像悬浮在空的岛屿，
并不断抬高，"虚无又一次
收缩了它的防线。"它没有棱角

而无法攀援，像回避任何冒犯。
亚热带的雪山，仿佛是天使之手
将它调教到形骸无缝地相合，
调教到比纯洁还白，白得恰好
无意义，恰好胜任死亡的导师。

雪山藏身云端而不化，像整晚
在琴房弹奏的姑娘，耗尽了我
录梦的磁带。"那么多星星
刺破头顶的黑漆漆，与你分享
警觉的夜晚。"天亮下山时，
你是那永远没有收获的录梦师，
仿佛你就是雪夜访戴的那个人，
只是迷恋一场未完成的相逢。

2016. 2

初秋周日逛增知旧书店

六安路一带盛极一夏的法梧
率先截获了入秋的信号，
就好像季节仍然是法定的。
"树叶本是不着一字的历书。"
经秋风的几番指点，它卷起
牙齿，学习了旧书的枯黄。

凌乱如一张草图的省城
比以往更寒冷，但这旧书店
仍然是一处不冻港的遗址。
温度的奇点，取暖的人围着它，
反而扶直了火焰的腰肢。
"摆渡的人多像诊所的导医。"

所以有病癖的人聚散于此。
毕竟这是租来的天堂，式微的
天堂，过道比处境更狭窄；
"但书砌成的龙骨不会垮塌，
即便这是河流停顿的年份，
即便这是绑着绷带的病船

也拒绝在寒冷的深渊沉没。"
因为书页里不仅有分歧，
还有一代代良知撰写的祷文。
那铅字沉稳，如砖块堆积
成塔，让我见识这人间的寒景
如何反过来拷问我，羞辱我。

2016. 8（赠朱传国）

冬日吴大海观巢湖

那次在渔村吴大海，我学会了
两样本领：倾听和惋惜。
山路的曲折仿佛在提醒我们
可能来到了语言的边陲，
湖湾像一张弓，蓄满了拓荒者
投身渔业的激情。远远地，
耳道之中就被倾注了波浪
投掷过来的数不清的白刃。

向南望去，视线穿过树枝之网
落入湖面，树条摇曳，不知
是因寒风而生的战栗还是
因为夜巡的矮星霸占了鸟窝。
所以通往湖边的小径满是枯枝，
踩得作响，像壁炉里柴火的
爆裂声。"枯枝，轮回的抵押物。"
响声持久，和祈祷一般古旧。

"无论你对沙滩的误解有多深，
都不会削减波浪的天真。"
湖底仿佛有个磨坊，浪托举着

不竭的泡沫，像个女巨人
翻开她的经卷，续写每个
何其相似的瞬间。"镶钻的浪花，
是一种离别时专用的语言，
仿佛告别是它唯一的使命。"

最后，暮色混入了愉快的交谈，
我们起身时，注意到了星辰
隐秘的主人，发髻散乱的稻草人
独自回到石砌小屋，饮下
一次追忆之前，他指挥群星升起，
他并不打算将口诀教授予我，
直到我寄身山水的执着赛过湖水
亿万次没有观众的表演。

2015.12（赠黄震）

仲春的瞬间直觉

骤雨过后，楼下的梧桐
从节令那里继承来的绿
更新鲜了，仿佛一位天空拓荒者
无怨地铺展自己
尖狭的掌纹。这般景致
和我因袭的贫乏极不相称，
多么让人遗憾——

像许多年以前的某个冬夜，
夜那么黑，辜负了初雪的白。

2016. 4

冰岛天使二重奏

i

那是赤道附近的一座冰山浮岛。
她常常在入夜以前返回那里，
一整夜地，等待这附魔的海
吐出一艘沉底多年的潜水艇，
就好像海浪毁灭、重生的瞬间
就是宿命之中舍弃的全部仪式。
如果海真的是一封满字的情书，
那海岸线就是信封的粘口，
冰块砌成的弧形海堤，"严密得
像一份合同。"她看见波浪
不停地向海堤冲击、打结，
"正是这局部麻醉的海分娩了
世间所有的羊群。"它们依旧
洁白，在变暗的人间显得珍贵。
而那种激越的白，多像久别后
偶然的重逢，这偏僻的黄昏
因为羊群的诞生而雀跃起来。
那公羊的角弯卷，就好像上帝

也非全能，没能消化掉所有浪花。

ii

海面上漂浮着尽是失效的律令，
潜水艇因为误将别离作为压舱物
而坠入往事的淤泥。不可翻身，
以免记忆像梦境中的雪山一样
不在床单上留下丁点痕迹。
赤道附近的深海依然如此冰寒，
海中被俘的满月，恰恰是你
要寻找的牧羊人。我的天使，
我知道你经常在邻近的海岸度过
夜晚。"那浪卷起刃，俯首，
仿佛报答缪斯的滋养。"
受爱的驱使，一代代羊群上岸，
和它们的祖先一起堆成冰山。
这些失职的信使，缄默的信使
不会转告你这是幸福的黄昏，
只要你靠近我，大海就会礼貌地
退缩。你俯身听我，搭救我，
我们屏息，就会听见两种频率的
心跳，就像曾经我为你梳头。

2017. 5

格陵兰的天使学

那么遥远的北极岛屿，几乎绷断了我
想象力的缰绳。"格陵兰，洁白得
像个好姑娘。"一座字面上蓊郁的岛屿，
读得再慢一些，就是天使的故乡。

云层般的冰川，像一部空白的情书，
却留下了玫瑰的序言。冰川一边溶解
在海上，一边正在形成，仿佛天使的
呼吸，仿佛格陵兰就是韵律的女儿。

她理解了冰川的未来，常常信任
一块浮冰像坐在鲸背上，祈祷极光。
仿佛冰是天使独享的书籍。"冰层，
活页的大海，被语言穿订在一起。"

不眠的夏日，内心的充盈让她有力量
拒绝黑暗，白昼连续得像瀑布一样
无法被地平线剪断。格陵兰连接起
大海而变宽大。"但是雪无论落在

何处，都是落在天使手掌的宫殿上。"

一座内陆湖向你漫游，恢复了中断的
航线，寄居在纸上的我加入滚沸的
潮汐，抵达时也不过一道冰冷的微澜。

"虽然这几乎动用了地球全部的热情。"
我因目睹冰川保存的完整记忆而感到宽慰，
我要向海水学习，拥有你而从不炫耀。
"回忆如冰川般锋利，像美永不腐败。"

2015. 7

时差的友谊学

像一张立体地图，你的登山包
混装着铜梁和密歇根的风景、土豆
能同时作为食物和货币的西海固
以及一位民谣歌手发胖的愤怒。
你曾违背了迷途之人的规劝，
冒着霾用航线缝补了友谊的时差。

"变矮的巫山切割了重庆，南边是
戏台，北边适合作烽火台。"
记忆像坝区的水面，逐年抬升：
"沉默的巫山像浸泡过的草纸
风化得过快，中风病人般松垮。"
此刻，你回到密歇根这样写下。

"那松垂的纬线，好像正是我们
交替值守的并不严密的战壕。"
我所见的晚霞和你所见的朝霞
好像正是同一块幕布的两面。
两边的差异足以证明世界是斜的，
好像东半球的局部泄漏了底气。

昨夜，地球转得缓慢，似有
心事。西半球夜空扎堆的星星
被包扎月亮的绷带打磨得发亮。
窗外，入赘美国的三峡乌啼
照样唤醒你指甲里的十座巫山，
前提是潮汐在梦魇里获得特赦。

如果浅湖里的雪能如约地消霁，
你定会看见去年夏天我们
相聚时遗落的那只喝醉的酒瓶，
它不知疲倦地叩问那无辜的
湖岸线，就好像涟漪不停顿地
迭代就是友谊不衰的秘门。

2017. 1（赠叶晓阳）

复刻一个梦的片段

梦境中的六只鹤引我仰头注目，
我赤条条站着，像是在一只瓮底，
看着它们倾斜着飞向高空，
好像天宫有神仙紧急召唤，
还有伺童正对着一支香炷读秒，
它们整齐地摆动翅膀，似乎在人间
它们有过严苛的自我修炼，
仿佛这几只鹤就是从瓮身的图案中
挣脱，直直地飞出了镜头。
仿佛它们的翅膀是天空的拉链，
被封锁的天幕灰暗如釉。

第二幕，相同的机位。
六只鹤返回向我靠拢，飞机一样
逆时针盘旋。这让我想起童年
乌鸦在傍晚时分绕着残破的屋顶
俯视人间。这六只鹤合围成的
六边形出奇地精准，仿佛
只有这样它们才能冲破磨难的肉体
变成十二只，二十四只，更多。
旋即绕成一级一级的鹤塔，好似

为了打捞我这艘浮世的沉船。

2015.7（赠曹僧）

天使电台

i

一部由桌椅和纸笔搭成的原始
电台，仿佛一把单弦琴的呼吸。

爱，是它唯一的语法准则。
每个音的演奏都近似于本能，

又艰难，像绝壁上的岩羊
认真地舔舐薄冰般的月光。

就好像月亮才是山野的主人
制定了如此奇绝的轮牧路线。

如你所知：天使也是声音的
仆人，她低头时也看见黑暗。

ii

天使电台是探索心灵的发明，

原理是：爱是万能的解药。

再悬殊的纬度也不能稀释天使
光荣的血统，它突破了险阻

只为维护听众心灵的避难权。
"即使一个贫血的声音，

也能击中主动迎前的靶心。"
这得益于诗的魅力让你竖起

比目鱼般的躯体。"不要担心
误解，因为思维也有其挫折。"

iii

声音像个悬浮的气球，被天使
拽在舌头上。"声波如潮汐，

给童年的记忆之龛除锈。"
每个电台都是幽闭的走廊，

将声音捣碎，抵达耳蜗时
又拼成原样。声音被照搬，

贴近你，多么像一次耳语。
一次如此完美的造景运动，

空气扮演了镜子的戏份。
"一位没有留下脚印的信使。"

iv

在声音的考古学学者看来，
你屋内台灯的圆形光圈之下

就是一处声音的遗址。
居然还带着星辰的体温，

"星辰曾作为电台的中继站，
声音在那儿获得了翻越山河的

勇气。"现在，在你的落发
之中，你定能找到声音的细骨

和灰烬，仿佛世间的一切
幸福，无不来自天使的暗示。

2015. 11

良心，给周晶珍

装在艺术馆口袋里的午后。
公开的阴影，声音的裸舞。

你喉咙里住着一个演员。
哑的风景，没有痛苦，静静生活。

弯的楼道，露天的餐桌，
停滞的蓝，后来是灰色。

不存在的舞台，和时间。
不息的街道，地铁雷同的布景。

城郊接合地带没有车票的栅栏。
夜色中，我赶往地图上的绿色沼泽。

你手指尖碰到的那团松弛的
白色，是呼吸，还是雾气。

2009.9.27

迎新诗

好几次，在胎心监护室外，
我曾听见你有力的心跳，

你在羊水里吐泡泡，咕噜
咕噜，仿佛水即将煮开，

你也有一颗滚沸的心灵么，
覆盖我的小天使，

你多像妈妈从瓶里倒出的秘密，
是你让我更爱这衰变的乌托邦。

我只准备了一只倒扣的
汉语之钵，你要自己撬开它，

它的空将喂养你长大，
像妈妈这样，像爸爸这样。

2016. 9

复活节，回赠叶晚

两岁以后，小斑马每晚衔着月亮
过河之前都要问松鼠梦境的深浅。

尚有精灵护体，你眼球的湖泊澄澈
仿佛教化，入睡后，我常听见它

尖尖的足音。你说的没错，"发愿
去采掘，每棵树底都有两只恐龙，

而灰兔子多吃白菜就能长成白兔。"
"风是稻草人的家，光是树冠的

面包。"夏天的树冠生绿色的锈，
到了冬天变红，落叶坠入你的手

何尝不是个好归宿，将它放入鸟笼，
明年化为飞鸟，则算是一种福报。

下雪那天，你说"爸爸抱"并踮起
脚，为了在雪片落地前向它追问：

"你将是谁?"只要疫苗仍然是无效的
模具，你就会继续保有重新命名的

特权，继续改造这绷硬的世界，
好让爸爸觉得每天都是复活的节日。

2018. 12

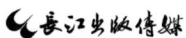

图书在版编目（ＣＩＰ）数据

方言 / 叶丹著. -- 武汉 ：长江文艺出版社，
2020.11
（第 36 届青春诗会诗丛）
ISBN 978-7-5702-1872-1

Ⅰ.①方… Ⅱ.①叶… Ⅲ.①诗集－中国－当代
Ⅳ.①I227

中国版本图书馆 CIP 数据核字(2020)第 205383 号

特约编辑：丁 鹏

责任编辑：谈 骁　　　　　　　责任校对：毛 娟

封面设计：璞 闾　　　　　　　责任印制：邱 莉　　王光兴

———————————————————————————

长江出版传媒 | **长江文艺出版社**

出版：

地址：武汉市雄楚大街 268 号　　　邮编：430070

发行：长江文艺出版社

http://www.cjlap.com

印刷：湖北新华印务有限公司

———————————————————————————

开本：850 毫米×1168 毫米　　　1/32　　印张：5.375　　插页：4 页

版次：2020 年 11 月第 1 版　　　2020 年 11 月第 1 次印刷

行数：2880 行

———————————————————————————

定价：46.00 元

———————————————————————————